闯入食人国

[美]威勒德·普赖斯 著

陈晓莉 译

北京出版集团
北京少年儿童出版社

著作权登记号
图字：01-2010-1133
CANNIBAL ADVENTURE by WILLARD PRICE
Copyright © WILLARD PRICE, 1972
Willard Price, the Willard Price Logo and Hal and Roger are trade marks of Willard Price Literary Management Ltd, used under licence by Beijing Juvenile & Children's Publishing House Co., Ltd.
This edition arranged with Willard Price Literary Management Ltd through Big Apple Agency, Labuan, Malaysia
Simplified Chinese edition copyright @ 2023 Beijing Juvenile & Children's Publishing House Co., Ltd
All rights reserved.

图书在版编目(CIP)数据

闯入食人国／（美）威勒德·普赖斯著；陈晓莉译. ―2版. ―北京：北京少年儿童出版社，2024.1（2024.4重印）
（哈尔罗杰历险记）
书名原文：CANNIBAL ADVENTURE
ISBN 978-7-5301-6544-7

Ⅰ.①闯… Ⅱ.①威… ②陈… Ⅲ.①儿童小说—长篇小说—美国—现代 Ⅳ.①I712.84

中国版本图书馆 CIP 数据核字（2022）第 258042 号

哈尔罗杰历险记
闯入食人国
CHUANGRU SHIRENGUO
[美]威勒德·普赖斯 著
陈晓莉 译

*
北 京 出 版 集 团
北 京 少 年 儿 童 出 版 社 出版
（北京北三环中路6号）
邮政编码：100120

网　　址：www.bph.com.cn
北 京 少 年 儿 童 出 版 社 发 行
新　华　书　店　经　销
北京市科星印刷有限责任公司印刷

*
880 毫米×1230 毫米　32 开本　6.375 印张　150 千字
2012 年 1 月第 1 版　2024 年 1 月第 2 版　2024 年 4 月第 2 次印刷
ISBN 978-7-5301-6544-7
定价：28.00 元
如有印装质量问题，由本社负责调换
质量监督电话：010-58572171

序 言

我们的脑袋是圆的,像个地球仪。而且每个人的脑袋里,可能会想到地球,它的体积有多大?年龄有多大?有哪些有趣的人和事?但对任何人来说,地球都是一个庞然大物,即使倾其一生,也不可能把它跑遍了。怎么办呢?有一个捷径,即看书,这叫作"秀才不出门,便知天下事"。如果你想了解地球上都有些什么新鲜事,特别是大自然中的新鲜事,我建议你看一看"哈尔罗杰历险记"。

威勒德·普赖斯先生出生于1883年,他是个幸运的人,一生中跑了77个国家和地区,包括我们中国,遇到过许多新鲜的人和新鲜的事。他又是一个愿意奉献、不甘寂寞的人,不想把自己的知识和见闻都烂在肚子里,于是便动笔写了一套书,献给全世界的孩子们。于是,在70多年前,就诞生了哈尔·亨特和罗杰·亨特两兄弟的角色。

哈尔和罗杰是约翰·亨特的儿子。约翰·亨特是动物博物学家,几乎跑遍了全球去了解和收集各种各样的珍奇动物。哈尔和罗杰不仅继承了老亨特的基因,而且也继承了爸爸的事业和兴趣。在老亨特的鼓励和安排下,哈尔和罗杰走南闯北,历尽危险和艰辛,从亚马孙丛林到南太平洋小岛,从非洲大陆到格陵兰冰原,从世界上第二大岛新几内亚到地球上最高的山系喜马拉雅山,从正在爆发的火山口到危机四伏的海底世界,足迹延伸到世界各地的各个角落。他们冒着生命危险,勇敢地追逐丛林巨蟒,制服热带巨蜥,巧捕非洲白象,激战北极之王北极熊,深入海底猎奇,大战庞然大物杀人鲸,不仅与凶猛的动物较量,还得与贪婪的人类争斗,常常是弹尽粮绝,走投无路,只能依靠自己的智慧和勇气,才能置之死地而后生。当然,不可能所有的人都像哈尔和罗杰那样,有机会到世界各地去旅游、探险。正因如此，所有关心地球和热爱自然的人，不妨都抽空看看"哈尔罗杰历险记"这套书，希望你能进入角色，设身处地，感同身受，与哈尔和罗杰一起，深入广袤无垠的大自然去畅游、搏击，追随那些曲折的情节，体验无数惊险的场面，肯定会使你深感刺激。而且，书中丰富的知识和简练的语言，也会令人受益匪浅，回味无穷。

最后，还要加上几句，就是关于亨特一家的事业。他们到世界各地去猎取和收集各种各样的珍奇动物，送到动物园和博物馆。一方面固然为人们休闲娱乐、观赏和了解地球上的各种动物做出了贡献，但是另一方面，他们也伤害了许多动物，伤害了大自然……

与70年前相比，人类现在更注重生态保护，对大自然和动物界的了解，都要客观而且深入得多了。但也产生了另外一种值得注意的倾向，就是一厢情愿地去和动物亲近，以至于有人和自己的爱犬亲吻，结果被咬掉了嘴唇。我们说，动物是我们的朋友，是指我们和动物同是生命世界之一员。但这并不意味着，我们就可以和北极熊拥抱，可以跟老虎接吻。动物就是动物，人就是人，即使地球上最最温和友好、亲切好奇的南极企鹅，当我想去摸它的脑袋时，它也会奋起反抗，摆出一副决一死战的架势。因此，我认为，人类和动物朋友的交往，应该是"君子之交淡如水"，最好的做法就是不要去干扰它们，当然更不能去伤害它们。

位梦华

中国最先登上南极大陆的科学家之一
中国作家协会会员、中国科普作家协会会员
享受政府特殊津贴、有突出贡献的科学家

目录

1 食人部落的小岛 … 1

2 魔法 … 7

3 巫医 … 15

4 罗杰和鳄鱼 … 21

5 活擒鳄鱼 … 28

6 电鳐的魔力 … 34

7 神秘的首次印记 … 37

8 "灵灵"船长 … 44

9 监狱 … 48

10 "高尚"的卡格斯 … 54

11 逃跑失败 … 60

12 步出监狱 … 64

13　蚱蜢午餐	66
14　一万年前的你	73
15　科莫多巨蜥	81
16　神秘之箭	90
17　蝙蝠早餐	98
18　洞中之夜	101
19　死里逃生	108
20　草尾巴的故事	114
21　极乐鸟	119
22　活埋	129
23　蛇灾与蛇获	136
24　古怪和稀有的动物	147
25　鲨鱼之扰	157
26　装人头的屋子	169

27 深海的奥秘 175

28 水下之夜 182

29 船上火灾 187

30 捕虎任务 191

1

食人部落的小岛

哈尔和他的弟弟罗杰并不喜欢这个小岛的形象。

"世界上最野蛮的岛屿"——这就是探险家们对它的称谓。庞大的新几内亚岛为地球上的第二大岛,它像一只巨大的癞蛤蟆伏卧在阿拉佛拉海面上,在黑暗的暴风云下,显得乌黑丑陋。

癞蛤蟆的背上布满了讨厌的癞疙瘩——鼓鼓的足有两三千米高,数以百计——要知道这儿是世界上最多山的岛屿。

一直闭锁在这山间的人们,刚刚开始知道在他们居住的峡谷之外还存在着另一个世界。但由于岛上没有道路,他们无法去领略那外部世界的异彩。同样,外界的人要想登岛,也得历尽艰辛。飞机曾在某些峡谷上空一掠而过,而在其他峡谷,那些土著从未见到过其他肤色的人种,他们只认得自己褐色的皮肤。如果有哪个人从飞机上跳下,他们会立刻蜂拥而上将其衣服一剥精光,看看他是否一身全白。

海风习习,罗杰战栗了,不过并不是由于吹过"飞云号"甲板的冷风。他转身向纵帆船上的船长望去,那个站立在船头的人就是与海水打过多年交道的特得·墨菲。特得船长已在这些海域里航行了半个世纪,老练多谋。

"这些人,"罗杰说道,"他们实际上并不吃人,不过是些传说而已,是吧?"

"那要看你说的是什么人了,"特得船长说,"新几内亚的东部由澳大利亚管辖,澳大利亚边防军已经基本消除了食人行为。可是西部——也就是你们现在看到的这一部分,几乎与它1000年以前的状况相同。一个峡谷的部落与邻近峡谷的部落开战,胜者就将败者吃掉。啊,不过,别害怕,来参观的人还是相当安全的。"

"你是说他们喜欢参观的人?"罗杰怀着希望说。

"不。我是说他们不喜欢参观的人。按他们的想法,陌生人的脑袋不是什么好东西,不能放进特姆贝兰①。"

"什么是特姆贝兰?"

"他们的神屋,里面有许多架子,架子上摆着被掳来的人头。他们认为每个死人的头里仍活着神或鬼,而陌生人头骨里的神灵最坏,会给部落带来无穷无尽的麻烦,所以他们不想让这样的神灵在他们周围逗留。"

"所以他们从来不杀白人或黑人?"

"不常这样,但也难说。一旦他们动怒,就会把你的头砍掉,只是不能放在架子的好位置上。"

"好位置,我的天,"罗杰说,"我可不需要。"

他再次向岸边望去,那些高高矗立的黑山充满杀气,他明白,在那里潜伏着风险。

但是要想安全也很容易,只要不上岛就行了。

"不上岛怎么样?"他对哈尔说,"在这儿我们一样可以干不少事。爸爸想让我们抓鳄鱼,这儿就有哇,不必上岛啦。还叫我

---

① 当地的土语。——译者注

1 食人部落的小岛

们逮海象、鲨鱼,还有什么别的海里的动物,他好卖给'海洋之家'或'海洋世界'或其他什么大的水族馆。海洋里的动物这儿都有,干吗非到陆上去和那些吃人的家伙搅到一块儿?"

哈尔笑了。

"听上去你还挺害怕的,不过实际上并没那么害怕。记住,爸爸想要的并不只是海洋动物。"

哈尔掏出父亲的电报,念道:"爸爸建议我们到世界上比较原始的岛屿去探险,但要当心食人部落。我们需要鳄鱼、海象、虎鲨、科莫多巨晰①、极乐鸟、食火鸡、大袋鼠、袋狸、袋䶄、飞狐、袋貂、巨蝎、蜥蜴、蝰蛇、盾尖吻蛇、树熊,还需要给博物馆提供人的头骨。"

哈尔把电报放进兜里,问道:"好吧,年轻人,现在告诉我,我们怎样才能不上岸而搜集到这一切呢?"

罗杰咧咧嘴。哈尔是对的——罗杰可不是胆小的怯猫。他仅14岁,但他的胆略和力气与同龄人比要大得多。他和19岁的哈尔曾经到过许多荒僻野蛮的地方——也许还比不上这里——但是到亚马孙丛林并不是去参加轻松的野炊,南海的水下世界也不是愉快的晚宴,在非洲活捉珍禽异兽时的历险和欢悦更是令人难忘。

从事这种探险活动,对于他们二人来讲,年龄是小了点,可是比他们年龄大一倍的人,也不如他俩的动物知识丰富——因为他们很小就开始干这一行了。当他们还不会走路的时候,就在长岛父亲的动物牧场里熟悉了各种野生动物。牧场里饲养着各种各

---

① 科莫多巨蜥:科莫多岛屿上生活的一种巨大的爬行动物。——译者注

样的猛兽、爬虫、飞鸟、海洋动物。它们在牧场里生活一段时间后就被送到动物园、马戏团、鸟类饲养场、水族馆等处。

这两个孩子实际上是和动物一起长大的。哈尔现在已经是经验丰富的自然学家了,而罗杰呢,在与动物打交道方面有着特殊的才能,不管它们是两只脚的还是四只脚的,或许是成百只脚的,他都能和它们交朋友。父亲对两个儿子的能力充满了信心,甚至将牧场的名字都更改了,把原先的"约翰·亨特牧场"改为现在的"约翰·亨特父子牧场"。

按照父亲的指示,他俩在悉尼包了一艘纵帆船,连同船长特得·墨菲也一起请来了。这艘船归特得船长所有,可是既然已经被他俩包下来了,现阶段就由他俩支配了。高高升起的白帆肃穆壮观,17 海里[①]每小时的时速更让人有威风凛凛之感,他们为此感到骄傲。为什么不给它取个响亮的名字?好吧,在由他们支配的这段时间里,就叫它"飞云"吧。

可是此刻,"飞云"并不是在飞。波浪从四面八方涌过来,它剧烈地颠簸着。昏暗的天空预示着更恶劣的气候。

"这片海可是恶名远扬了,"特得说道,"那些大山能让风毫无方向地旋转,迈克尔就是在这儿死的。"

"迈克尔是谁?"罗杰问道。

"迈克尔·洛克菲勒,纽约州长纳尔逊·洛克菲勒的儿子。当时你们也许还小呢,还不能从报上看到这些消息。"

"他出了什么事儿?"

---

① 海里:1 海里 = 1852 米。——译者注

1 食人部落的小岛

"他和一个朋友正在海上驾着一只小船,风暴来了,大浪不停地撞击着小船,发动机坏了,人也被卷进大海,最后连船都翻了。

"整整一夜又一个白天,他们依附在一块礁石上,希望有其他船只路过这里,并将他们救上来。沧海茫茫,不见一舟。该怎么办呢?他们争执起来。迈克尔打算游到海岸上去,他的朋友觉得在礁石上等候更保险。

"迈克尔离开礁石向海岸游去。后来那个小伙子得救了,而迈克尔却没有归来——也许那段距离太长了;也许鲨鱼或鳄鱼把他拖入海底了;或者,他也许登上了岸,而被食人部落杀死吃掉了。

"他的父亲,那位州长,坐飞机到这儿,四处搜寻儿子,但是此地的土著居民对此一无所知——也许他们知道,只是不肯说罢了。"

听罢这段故事,罗杰对上岸一事更加犹豫了。但是不管他喜欢与否,他总是要去的。

风暴变得更加猛烈,大帆放下来了,波涛不停地冲撞着辅助引擎,螺旋桨停止了转动,无可奈何的"飞云号"被冲向布满岩石的海岸,一旦撞上去,"飞云号"就会变成碎片。

然而,船长对那里的地理情况了如指掌,"艾兰顿河就在这儿入海,如果我们能从这里进入河口……抓住,孩子们——帮我把住舵,它一个劲儿地震动,简直像一匹野马。"

像船长一样,哈尔明白,一艘死船就是再掌好舵也是毫无反应的,但是"飞云"还没有死,大帆已经放下,船艄的三角帆还在。三双手同时把着舵,受到重压的舵嘎嘎作响,随时都有断裂的危险。

帆船轻蹭到河口处的岩石上,随即擦身而过,进入了较为平静些的水面。向里涌入的潮水将船托住,推向上游。

此处,风已逝去,三角帆失去了力量,舵也无能为力了,纵帆船只得听凭潮水的安排。它四下打转,一会儿船艏在前,一会儿又船艉置先,再一会儿船又横在河面上。

终于,它进入浅水,停下来了。船的龙骨触到了水底,船身倾斜地倒向一边,仿佛在惊涛骇浪中的历险之后它已筋疲力尽,席地而卧。三名水手从倾斜的甲板上滑下,登上河堤,在他们面前,展现出一个由茅草窝棚组成的村庄。

村里最大的建筑就是特姆贝兰——神屋。罗杰强烈地希望船长所说的都是真的——那些以取人头为战利品的人只喜爱在架子上摆上优秀的褐色头颅而不垂青其他的脑袋。或许他们厌恶罗杰,不会去碰他。

2 魔法

女人和孩子们尖叫着四下躲藏,一个健壮的土著敲响了巨大的报警木鼓,男人们从茅屋中冲出,手执长矛、石斧、石弓和石箭。

四周的山峰回荡着呐喊声,他们挥舞着武器冲过来。

这阵势吓坏了罗杰和哈尔,哥儿俩不寒而栗,透心凉。他们有生以来从未见过这种场面,有些土著佩戴着头骨做成的装饰品,所有的人都头戴极乐鸟的羽毛,羽毛在他们的卷发间摆动。他们的身上画着蛇、鳄鱼、蜈蚣,褐色的皮肤上净是些彩色的文身图案。

他们不穿衣服——除非有人把草叫作衣裳。各有一束草悬挂在他们的身体前后,那涂抹着颜色的脸露着凶气。弯曲的野猪獠牙装饰在他们鼻孔的两侧,人人看上去都像只带犄角的动物。

但是,如果他们以为这几位访问者会被吓垮,向河里逃窜而被淹死,那他们就想错了。小伙子们坚如磐石地站着——也许他们是被吓得无力挪动。船长也站立不动,因为他知道,一旦他们流露出惧怕的神情,那就只有死路一条。他以前曾经见过这种人——十多年来,他一直航行在这一带的海岸边,已是见多识广了。

他没有抱头鼠窜,而是高举起手并喊了句什么,很显然那意思是"站住"！土著们听到他们自己的语言，一个个都站住了。

可是，他们并未表示友好，而是挥舞着武器。这3个怪物有什么权力上他们的岛？他们惊疑地看着帆船。船随着涟漪在微微摇晃，他们似乎在想：这船是否是活的？是不是海里的什么巨兽？

"好像他们从未见过我们这样的人。"哈尔说道。

"也许真是如此，"特得船长应答着，"从这些群山之中涌出上百条河流并汇入大海，大多数河流都还没有得到开发。"

"你以前从没到过这条河？"

"没有，要不是赶上这场风暴，这次也不会到这里，真是糟糕透了。直说吧，我也不知道怎样才能避开这场混乱。我同他们谈谈吧。"

他讲了几句，但毫无效果。他们却愤怒地做出反应，一步步地进逼，盯着陌生人的脸。他们能理解白色的脸，因为他们自己也有把脸涂白的，也许这3个怪物也是涂了白脸，其实身上也是褐色的。

突然，有人抓住了罗杰的衬衫一把拽掉。跟着是一片叫喊。皮肤是白色的！哈尔的衬衫也被拽掉了，接着是特得。啊，全是白的！就像石头底下生长的白苔那样。

这一下似乎吓住他们了，他们往后退缩着。"这些人很迷信，"特得说，"他们以为我们是神或者是鬼。"特得在听土著的谈话，"有人说我们是巫医。他们是非常非常怕巫医的。"

"太棒了！"哈尔喊道，"咱们就当巫医吧！也许用点小魔术就能得救了。"特得船长不解地问道："魔术？什么魔术？"

"嗯，"哈尔说道，"你先开始吧——你不是戴了假牙嘛，让

2 魔法

他们看看你是怎么把牙摘下来的。"

特得船长暗自发笑,然后他板出最严肃的面孔向周围的人们讲话。

"你说什么啦?"哈尔问。

"我让他们把他们自己的巫医叫来,我说想看看我能干的事他会不会干。"

几个人跑向特姆贝兰,打开了门。里面很暗,但是哈尔他俩从远处还是看见了架子上一排排的头骨。不一会儿,村里的巫医走出来,他大块儿头,一副威严派头,从头到脚都做了文身。

他傲气十足地前行,人群向两侧散开为他让路,他的脸涂成深紫色,宽大的眉毛下两眼似灯泡发着光。他站到特得船长面前,极轻蔑地打量着船长。

"巫医有好有坏,"船长说道,"这位就是个坏的。现在我想知道他的魔力有多大,让他把牙摘下来看看。"

听到这个要求,那巫医茫然发愣。他会不少招数,但是以前从未有人向他如此挑战,要他摘掉牙齿。

特得把巫医说的翻译过来:"没有人能摘掉自己的牙。"

船长镇定自若地将手伸进嘴里,把下面的一排假牙摘了下来。

巫医装作毫不介意,可是他的村民们却被吸引了,一起围拢上来想看个究竟,有人抓过牙齿,于是人们争相传看。

这一来,船长可有点儿犯愁了——担心假牙要不回来,那他可就无法吃饭了。好在最后一个看过牙齿的人毕恭毕敬地把假牙又还了回来。特得迈步到河边,冲洗了假牙,重新放进口中。

2 魔法

他向哈尔说道:"该你了。"

哈尔没有假牙,必须想个其他事干干。点把火怎么样?

"我要跟他说几句,"他对船长说,"给我翻译一下,行吗,特得?"

借助特得的翻译,哈尔开始了与巫医的对话。

"你会生火吗?"

"当然会。"

"你生火能快到什么程度?"

"比谁都快,比你快。"

"那你生把火让我看看。"

巫医向身旁的人吩咐道:"给我找块儿竹子来。"然后向另一个人说道:"拿些干草和树叶来。"又向另一个人说:"找个尖棒来。"

材料备齐了,他把竹子放在地上,将草和树叶捣成灰,堆到竹子上,接着用尖棒在灰堆里捅来捅去。

这是从远古年代传下来的古老的生火方法。接连几分钟,他都在不停地捅着,这活儿需要强劲的肌肉和足够的耐心。

终于,微弱的火光一闪,接着是一束细细的火苗。全过程用了约5分钟。他抬起头,不怀好意地一笑。

"你能比这还快吗?"

哈尔从兜里取出一根火柴,往裤腿上一擦,立刻变成一团小火,也不过用了半秒钟的时间。

有人抓过火柴,随后大家都在他们直接暴露的皮肤上擦起火来——他们粗糙的皮肤简直与布一般硬。

哈尔迅速地把余下的火柴收起来,他担心这些兴高采烈的土著会在紧张兴奋之中把村子烧起来。

"那个岁数小的,"有人指着罗杰喊道,"他也是巫医吗?"

那巫医轻蔑地笑道:"他还小了点儿,要学会这一套得花上许多年的工夫。"

罗杰低声向哥哥耳语:"你那个刮脸用的小镜子,快给我。"

那镜子可小了,哈尔放在手心里,神不知鬼不觉地递了过去。

罗杰对巫医说:"你能看清自己的脸吗?"

听上去,这事是不可能办到的,但那巫医并不善罢甘休,他叫人端一大碗水来。

水端来了。兄弟俩还从未见过这样的碗。那是块结结实实的石头,被人用质地更硬的材料,或许是燧石,从岩石上凿下来,又凿成碗形。特得船长看到兄弟俩脸上露出惊讶之色。

"你们的祖先也用过这样的碗,"他说,"大约是一万年前吧。祖先们用石头做很多很多的东西,所以那年代叫作石器时代,又过了很长的时间他们才进入铁器时代,然后又逐渐地发现并使用了其他金属。

"可眼下这些人还处在石器时代,他们的斧子是石头的,刀是石头的,箭头是石头的,锤子是石头的,枕头也是石头的,一切都是石头做的。在世界的其他地方,都没有人还生活在石器时代了。

"数千年来,其他地方的人们不断地进步发展,可是这群山深谷造成的阻隔使新几内亚仍处在石器时代。对啦,咱们还是看

2 魔法

看他用石碗干什么吧!"

巫医双手端碗,向水中看去,水中那些细细的跳动的波纹,使他自己的脸的影子也在水中跳来跳去、模糊不清。不过,他到底看到了自己的脸。

他满意地仰起头,拿着碗让罗杰往里看,确实水中隐约映出他的脸,但是动来动去叫人分不清哪是耳朵哪是眼,哪是鼻子哪是嘴。

罗杰抽出镜子举到巫师面前,他的模样即刻映了出来,轮廓鲜明,形象清晰。对于这个土著来说,这还是第一次看清自己的真面目,他非常厌恶地缩回头——他以前从未意识到自己长得如此丑陋。

"魔镜"被人拿走了,接着是一声惊讶,他看见了自己。小镜子被传来传去,最后有人拱手将它交给罗杰,原来只有一张脸,罗杰却能变出两张脸来,真是比他们自己的巫医还了不起。

这下,3位来自外部世界的、力量无比的魔师被当成了贵宾。妇女们被从茅屋里喊出来,并遵命躺倒在地,她们人挨人地躺下,一排褐色的躯体从河沿儿一直延伸到特姆贝兰的门边儿。

男人们向来访者鞠躬并等待他们接受欢迎。

"这是什么意思?"罗杰问船长,"他们要干什么?"

"他们要迎接我们进村,这是他们的迎宾仪式,我们要踩着这些妇女过去。"

"可我们不能那样做,"哈尔表示反对,"他们就一点儿也不尊重妇女吗?"

"不太尊重。"

"哎哟,这一路足有五十多个女人。告诉他们我们不踩女人。"

"那可就大错特错了,"特得答道,"那会伤害他们。如果你请别人到你家,而他拒绝与你握手,想想看吧,你会是何等感受!你会吃惊和恼怒的。这些人正在以最大的能力向我们表示友好,我们可不能惹他们生气。从女人身上走过去吧。"

"你先走,"哈尔说,"我打赌你不会。"

"我会的,因为非这样做不可。你们也得照做不误。"

船长脱下鞋,拎在手里。他稍稍迟疑了片刻——随后小心翼翼地踏了出去。

罗杰推了哈尔一把:"下一位贵宾是你了。"

"干吗是我?你先走。"

"我可不干,我知道我自己,我不能不讲礼貌,走在尊贵的哥哥前面。"

"当心点,别叫你尊贵的哥哥打扁了你的鼻子。"

哈尔脱去鞋、袜,又在河里迅速地冲洗了双脚,然后小心地踏上了人桥。每迈出一步,他都很不乐意,但却尽量显出很满意的样子,无论如何他得表示出很喜欢这仪式。

轮到罗杰了。他没什么鞋袜可脱,他赤着脚,就和在"飞云号"甲板上一个样。他不喜欢洗澡,可是,和特得、哈尔相比,他的脚就更需要洗洗了。于是他迅速地用水冲洗了双脚。

接着,他不是走,而是沿着那褐色的通路向神屋跑去,他希望通过跑来尽量减轻对每个身体的压力。这次,不仅没有痛苦的尖叫,而且当他过去时,妇女都向他投来微笑。

3

巫医

特姆贝兰门边的卫士邀请他们3人入内。

"啊,现在这是他们能为我们做得最好的事儿了,"船长说,"通常他们禁止陌生人进神屋,如果未经允许闯进,那就可能被杀死。"

"快看这些颜色!"哈尔说,"看正面墙上那些画。"

"还是等等看看里面的吧。"船长说。

他们进入里屋,开始什么也看不清。屋内没有窗户,茅草做的屋顶从上倾斜而下一直延伸到地面。哈尔拿出了手电。

这地方到处都是人——全是木头的。木刻的人体随意而立,有的涂成黄色,有的涂成红色;有的戴着令人可怕的面具,有的虽不戴面具却长着一副副可怕的脸;野蛮的牙齿从他们的嘴里凸出来,鼻子大得占去了多半个脸,而且还被动物犄角穿进去;那些眼睛个儿真大,涂着鲜明的色彩,仿佛能把你望穿。

"这些都被当作鬼——或神,反正都一样,在这里的人看来,神如同鬼,鬼又有神的威力。巫医用这些形象是为了吓唬人,让人们听从他的摆布。"

然而神屋中最非凡的展品要数架子上一排排数以百计的人头骨了。五颜六色的头骨,红、蓝、黄、紫,看上去令人震惊。

"他们收集死去的敌人的头,"船长说,"我以前跟你们说过,他们认为每个头里都藏着恶神,如果你表现不好,那些恶神会随时整治你。"

罗杰浑身不自在,好像蚂蚁爬在背上,"这地方让人起鸡皮疙瘩。"

"正是如此,巫医就是这样控制人们的——让他们恐惧。"

他们走出特姆贝兰,只见全村的人都已集合起来,正听巫医讲话,巫医居高临下地站在大木鼓一端,为的是让大家都看到他。夕阳已落,柴草做的火把将周围照亮,听众里有人向巫医发出呸呸的轻蔑之声,因为这3位陌生人已经证明他们的力量更胜一筹。

特得船长解释道:"他正在训斥人们,想让他们继续听从他的摆布。他又在讲他的魔力——如何不动一指就把人杀死,只要他对人说上一句'你必死',那人定死无疑。"

"见他的鬼去吧!"罗杰吼起来,"他真的以为大家会信他吗?"

"是的——而且人们真信。他们多次见过这种事发生,他们信极了,以至于每当巫医发出死咒时,他们就会放弃生存的愿望而去死。

"实际上,咱们的医生也干这类事。比方说你不舒服,去看大夫,他给你检查。也许他说,'你的身体挺好,别担心。你没什么病。'这会对你产生什么效果呢?嘿,你马上就觉得好多了。听说没什么毛病,你就一身轻松。认为自己身体好就有助于健康。大脑告诉自己:'你健康。'于是身体就回答:'我健康。'

"但是,假如医生检查后,摇着头,神情严肃地对你说:'你

3 巫医

病得很重、很重。'我还能活多久,大夫?''至多几个星期。'回家时你就会感到病情恶化,身体和精神都垮了。如果你真的相信了医生的话,就会日趋虚弱直到垮掉。

"幸亏我们不认为医生掌握一切。可是大部分土著都虔诚地信奉他们的巫医。"

"他现在说什么呢?"罗杰问。

"他正在说咱们,他说他要证明自己比咱们强。"

此刻,巫医直盯住他们仨,说道:"听见我说的啦?我呼叫恶神的魔力,我向你们发出咒语,今晚你们睡在特姆贝兰里,100个神灵将看着你们,咒你们死去。半夜时辰,你们必死。我已诅咒。"

卫士将哈尔、罗杰还有船长推入神屋,关上大门,用来锁门的杠子被放下。瞬间,特姆贝兰成了监狱。

哈尔用手电四下照着,木制的人体和那些头颅好像成了活人。巨大的、色彩鲜亮的眼睛露出丑陋和凶残的目光,盯视着这3个被咒要死的人。

"看来能杀人,"罗杰说,"我们已经死了。"

"绝对不能,"特得船长说,"壮起胆子来。现在,我要睡觉了。"

可是,用手电照来照去,也没有照到什么可做床的。

"好吧,"特得说,"我们就躺在地上吧。不过枕头总还是需要的。"他四下望去,想找个什么东西当枕头,也许至少有块木头吧。没有。他的目光停止在一排排的头颅上。

"太棒了!"他说着,递给两个孩子一对头骨,随后给自己拿了一个。他们躺在硬硬的骨头上，尽量想使头部舒服点。

罗杰怎么也摆脱不掉每个头颅就是一个神灵之家的想法。头下枕着的神灵仿佛从下向上把他的脑袋瞪穿，他将那头骨脸朝下翻了个个儿，这样似乎觉得稍稍舒服了些。

棒小伙子从来不会因为有心事而失眠，罗杰很快就进入了梦乡。然而几个小时之后，他突然惊醒。他仿佛听到某个声音在说："时刻到了。"

罗杰的哥哥和特得发出轻轻的鼾声，要不是听见这声音，整个地方死寂得简直像个坟墓。坟墓——那可是个坏字眼儿。如果真应了巫医的恶咒，此处就是他们的坟墓。他看了一下自己的夜光手表。

离半夜还差10分钟。10分钟后会怎样？没事，他对自己说，什么事也不会发生，还是接着睡吧。他在骨枕上调整了一下姿势，以便尽可能地舒服些，接着合上双眼。可是，周围所有神灵的眼睛射透了他的眼帘，幻觉中他能看到巫医站立在上方，重复那咒语："半夜之时，你们必死。"

他感到不舒服，头疼，肚子疼；手指摸着手腕，脉搏真快；他周身燥热，却又在发抖。要不要叫醒哈尔？哈尔一定会称自己是个大傻瓜，平安无事却浑身发抖。

但是，也许那巫医的神通比罗杰想象的还大。要知道，美国人可不是万事皆晓的，也许他们知道的不少，但不可能事事通。科学刚刚揭示了波的秘密——电波、无线电波、声呐波、X光、日光、激光、宇宙光、原子光，也许还有成千种其他的光和波。难道就不会有死光？他已经周游了不少地方，足以懂得土著有许

3 巫医

多东西值得文明人学习。或许,这会儿那巫医正在发射致人死命的思想波。好像什么光正在刺穿罗杰的脑浆,要不就是他自己在头疼?

现在,他明白了为什么当土著得知巫医的死咒后就会真的死去。他感到一股压抑不住的情绪,他要呐喊。不,绝不——即使去死也要双唇紧闭。

哪来的这些死的想法?他知道自己不会死,但却感到恍惚疲倦,睡眠中充满了不安,梦见自己死了,头骨被放到架子上。

当罗杰醒来时,哈尔和特得正在翻身,阳光从大门四周的缝隙间透过来。外面传来七嘴八舌的说话声;接着传来开门时门杠的摩擦声,屋门打开了。

巫医站在门口儿,身后是围观的村民,他们抻着脖子,看看巫医的死咒是否应验。

"装死。"哈尔低声说。3人闭上眼睛。

巫医走进来,凶狠地踢着他们的肋骨,看看他们是否仅仅在睡觉。他们忍受着,一动不动,显然已经完全死了。

有些男人高呼起来,对巫医表示赞赏。然而妇女们却沉吟着,对前一天所迎接的陌生人表示同情。

巫医走出去,厉声发出命令。"他在告诉人们点一堆火。"特得低声说。外面一片石斧劈树杈声,接着是阵阵把树杈拖到广场中央的沙沙声,继而是火烧干柴的噼啪作响声。

"他们是不是要活烧我们?"罗杰低声问。

"不是活烧,"特得应道,"别忘了——你已死了。别露声色,到时机时我们给他们一个突然袭击。"

又一道厉声命令之后，进来了几个人，抓住3具"尸体"拖进用树枝围成的圈内。火苗在四周燃烧发出噼噼啪啪的响声，越燃越高，逐渐连成环状，将3具躯体围住。

火舌开始向中央吞噬，再一会儿就要烧着他们的衣裳和身体了。由于夜里下了雨，潮湿的树枝中升起浓浓的烟雾，火环内已灼热得让人不堪忍受。

"好，"特得船长说，"现在我们站起来走出去。"

当人们看见3个鬼从浓烟中出现，惊愕、恐惧地喘着。一定是那3个陌生死者的幽灵。

3个鬼魂疾速地越过火苗，走进空地——变成活生生的人！

人群发出一阵喊叫，这魔法胜过他们巫医的一切表演。就连巫医本人也难以相信，他呆若木鸡、哑口无言，大张着嘴巴不知所措。也许他的杀人法还是第一次失败。

片刻之前，他还是至高无上的，所有的男人、女人、儿童都惧怕他。此刻，他已威望扫地，与其他人毫无两样，而且人群尖叫着，要把他扔进火堆。

他抱头鼠窜，钻进树林。也许他会翻过山去另一个村庄，在那儿重演故技。不过眼下，这个村庄已经摆脱了他的统治。

4

罗杰和鳄鱼

罗杰看到岸边的芦苇丛里潜伏着一只巨兽,好像是鳄鱼。

但是,罗杰需要把脸上的烟垢冲洗下去,他并不惧怕鳄鱼,在父亲的牧场里他还把鳄鱼驯化成爱畜呢。

这只鳄鱼比罗杰以前见过的都大,大出两倍之多,可那又何妨?只要是鳄鱼,就和其他的没什么两样。他知道,通常情况下,如果人不主动进攻,野兽是不会伤人的。他无意去攻击这只野兽,只不过洗把脸,然后互不相扰地离开。

他向水面俯下身去,一旁的村民开始激动起来,喋喋不休地唠叨着。船长走到罗杰身后提醒道:"当心,那家伙眼睛正盯着你呢,这儿的人说它是鬼神,已经杀死100多人了。"

罗杰仰头说:"他们在吓唬你呢。要是真死过一个人,他们早就把鳄鱼杀死了。"他心想,特得知道什么鳄鱼的事儿?他熟悉船,可是他也许从未研究过动物。

"人们之所以让它活下来,"船长说,"是因为他们把鳄鱼看作鬼,杀了它,就会惹怒了鬼,那全村人就都没命了。"

"好吧,"罗杰说,"我可不迷信,可以洗脸了吗?"

"洗吧,你这倔小子,"特得生气地说,"你以为你了解鳄鱼,可你并不了解这儿的。这海边一带的鳄鱼,是世界上最大的、最凶狠的。要是出了事儿,那是你自找。"他掉头离去。

21

罗杰又重新端详那鳄鱼，它看来确实是个心怀叵测的家伙，个儿大，有30多英尺①长，七八英尺粗，又红又大的眼睛正死盯着罗杰。那家伙的嘴大张着，嘴里黄艳艳的颜色吸引了不少鱼，当鱼儿一游进，它上下颌猛地一合，将鱼吞进肚里。趁它又张开大口之时，罗杰大概数了数，有70多颗牙，最大的同罗杰的手掌一样大。

一只鸟飞进那张大嘴，这次那上下颌没有合拢，鸟和这猛兽之间有着默契。鸟着手工作了，那巨兽齿间发腐的肉渣被一一啄去，鸟成了鳄鱼的牙刷、牙签。干完了活，那鸟一展翅膀飞走了。

既然那巨大的动物对鸟如此友好，罗杰又有什么可怕它的呢？罗杰这样想着。

此刻，鳄鱼放下护目帘，就是说它准备钻入水下了。鳄鱼都有两对眼睑，一对厚的遮挡光线，睡觉时用；另一对是透明的，当鳄鱼在水下活动时使用，可以防止水浸入眼内。此刻闭合的就是这对眼睑，所以，罗杰知道这个大家伙是准备潜入水下了。

按罗杰的推测，鳄鱼会悄悄地游走的。

鳄鱼在深深地吸气，水面上发出一片急促的声响。在肺部贮存了这些空气之后，鳄鱼在水下可以逗留上 10~15 分钟。此刻，鳄鱼的头部开始没入水中，那双死死盯住人的硕大的眼睛最后在水面上消失。

罗杰希望船长也看见了这一切，这可以教他懂得：人不犯野

---

① 英尺：1 英尺 = 12 英寸 = 0.3048 米。——编者注

4 罗杰和鳄鱼

兽,野兽也不会犯人。

清新的雪水从山顶上流入河中,罗杰俯身用凉凉的河水洗着脸。他丝毫未注意到水面上泛起的涟漪,否则他就会知道,那巨兽正直奔他而来。他不知吉凶、毫无戒备,突然间被什么东西或什么人在背上死命一击,他翻身落水。

几乎窒息的罗杰拼命蹬着腿,挣扎到水面。是谁击中他的?岸边无人啊!

这会儿,他才事后诸葛亮,想起了鳄鱼最擅长的袭击手段。当目标在岸上,而鳄鱼无力用牙齿咬住时,它就会使用尾巴迅猛地在空中一甩,把目标击到水中。那尾巴强壮有力,如同一台打桩机,一旦被击中,即使是匹高头大马或是一头强悍的雄狮也无法站稳脚跟。

鳄鱼将罗杰叼在嘴里,3 英尺多长的上、下颚分别从两侧压住他的腹部和背部,70 颗牙齿扎进他的皮肉。在被拖拽入水之前,罗杰用在水面上仅有的时间深深地吸了一口气。

罗杰明白下一步该发生什么事儿。由于鳄鱼的牙不适合咀嚼,只用来衔物,所以他会被紧紧地咬着带到水下的一个地方,让他的身体发腐变软。这一过程需要几天的时间,当他变得软软乎乎的时候,鳄鱼就可以轻而易举地把他撕开,一块一块地吞下。

鳄鱼吞食大个儿的动物,如牛等,就是这么干的。在非洲时,罗杰曾亲眼见到,一只 10 吨重的大象到池塘边伸出长鼻子饮水,一只鳄鱼咬住象的鼻端往水里拖。大象奋力支撑住自己的身体,但终于因塘边坡陡地滑而站立不稳,随着水面上溅起的一团巨大的水柱,大象就消失在水下了。

4　罗杰和鳄鱼

罗杰不是大象,被紧紧地衔住,无力反抗。他企图用拇指挖鳄鱼的眼睛,但是那对厚厚的关闭的眼睑能抵御他用的全部力量。

入水前吸的气已经给挤压出一部分,余下的也只够让他活两三分钟。

此外,还有一种东西被挤压出去——他的高傲自负。他真后悔当初没听特得船长的话。要想继续"活下去并学下去"已为时过晚,他已经学到了,但却活不了了。

也许,鳄鱼会用石头把他压在水下,然后离去。也许他能蠕动脱身游到水面。

但是这要快啊!肺部仿佛爆裂,再过一分钟。他就再也无力蠕动了。

鳄鱼似乎又叼着他往岸边回游,也许打算把他放到岸上,也许它反感罗杰身上外国人的味道。

突然,射入水中的阳光被挡住了,周围是一片黑暗,巨大的双颌松开了,鳄鱼离他而去。

他已衰竭得无力游动,不过体内仅存的一点空气可以把他送回水面。他感到身体漂浮起来,随即撞到硬物上,似乎像天花板或屋顶。他明白了,自己给憋在河堤下的洞里。这也是鳄鱼的习惯之一,在水下的堤岸处挖洞,贮存食物,放软后食用。

罗杰再也无力屏气了,他觉得吞进了近半条河的水,随后昏厥过去。就在他弥留之际,模糊地感到有什么东西,也许是那鳄鱼,在拉动自己的腿。

当哈尔摸索着进入洞内时,首先触到罗杰的腿。他将那毫无生气的躯体拖出洞游到水面、登上岸。村里用的那只鼓实际是一块大空心木,哈尔把罗杰脸朝下横放在木头的一端,河水从罗杰的嘴里流出。接着他把罗杰脸朝上放在地上,着手进行口对口式的人工呼吸。

特得船长还有不少的村民在一旁观看。男人们凶恶的面貌柔和了,女人们在呜咽抽泣。有人拿来一卷毛朝外的兽皮放在这男孩子头下;有个人面向特姆贝兰,特得船长说那人正在向神祈祷,愿罗杰活过来。有个女人端来一碗汤,待罗杰醒来时喝下。哈尔很感激,这些土著并不是想象中的那样野蛮。

哈尔往弟弟的肺部吹气,再让气排出来,如此反复直到累得脸色发青。

那身体动了一下,于是一阵呼声:"他活着!"

罗杰睁开双眼,人们欢呼并跳起舞来——不是为死而是为生。

端汤的妇女走上前来,把一根空心的羽毛管放入男孩子的口中,另一端放进汤里。开始他连喝汤的力气都没有,渐渐地他吸吮起那富有营养的汤并感到有了力量。他痛苦地坐起身,周身疼痛。70颗牙齿在他身上留下小洞,血从其间渗出来。

一位妇女用石锅端来热水,当地没有布,她用软树叶为罗杰擦洗着伤口。

罗杰向她微笑,她也微笑着,那甜蜜柔和的笑容一瞬间使罗杰感到仿佛见到了他的亲生母亲。他向四下望去,望着这些世界上以掳取人头为快的人,望着他们慈祥的面孔。

就连粗暴的老船长特得也不像往常了。

4 罗杰和鳄鱼

"你这个小傻瓜!"他说,"等我一上船,就用枪结果了那浑蛋。"

"别。"罗杰软弱无力地说。

"别?你什么意思?那家伙差点要了你的命,你不觉得它应恶有恶报吗?"

"它所做的不过是鳄鱼的天职而已。"罗杰说。

"但是它又是如何对待这里的人们呢?这恶兽已经害死了不少人,他们不敢碰它,实际上早该杀死它了,反正我是要把它杀掉的。你是说还留着它,让它继续作恶吗?没有别的办法,非杀死它不可。"

罗杰疲惫不堪,几乎近于昏迷,连说话的力气也快没有了。

"爸爸需要鳄鱼,"他说道,"这是个很棒的鳄鱼,我们要活捉它。"

5

活擒鳄鱼

"你简直不知道自己说了些什么，"特得船长反驳说，"这些鳄鱼是极为凶猛的，可不像你所习惯的那些鳄鱼。"

"船长说得有理，"哈尔插话说，"鳄鱼是性情非常凶猛的爬行动物，而生长在大堡礁和新几内亚南岸一带的鳄鱼又是世界上体积最大的，性情最凶狠的。也许用0.45口径的子弹击穿鳄鱼的鳞甲好办，可是要活捉一个可就棘手了。"

"你是说你不想干？"罗杰问。

哈尔瞥了那巨物一眼，那家伙又在芦苇丛中蠕动着，寻机从岸上抓个孩子，或者瞅准机会，如果有哪位妇女到河边往石桶里灌水，就把她揪住。

"你说得对，小家伙，"哈尔踌躇地说，"我们不能让它继续逞凶了，得活捉它。"

"可是，即使你们抓到了，又放在哪儿？"特得抱怨着，眼睛盯着依然倾斜的纵帆船。

"那得看你了，特得，现在快涨潮了——正好是浮船的好时机，又有这么多人帮忙。我觉得船体的列板并没有断裂，唯一要做的是要让船的龙骨下有水，船上的储水池也没有裂缝，把最大

5 活擒鳄鱼

的那个池子的顶盖打开,准备迎接'陛下'①。"

"只要你们抓得住,我就迎接它,"特得说,"你们俩加一块儿,对那 300 多磅②的鱼鳞也无可奈何——那畜生就更重了,有 2000 多磅。我倒要看看你们这 300 磅怎么扭打这一吨多重的鳄鱼。"

他慢慢腾腾地走开,去招呼人们把搁浅的船推入深水。

哈尔挠着头皮。既要防备鳄鱼这头的 70 多颗牙,又要提防那头打桩机似的尾巴,如何战胜这个强大的家伙呢?它身体有会客室那么长,力气有 100 多人那么大。哈尔此刻的感受是自己渺小得如同一只青蛙,弟弟如同一只小蝌蚪。

"用激光怎么样?"罗杰提出建议。

他们在捉箭鱼和类似的大型标本时,曾经使用过这种杰出的新技术。

哈尔摇头否定道:"我们那一套仪器用在这个满身盔甲且 3 倍于箭鱼长度的野兽身上,力量太弱了。"

"那用电鱼叉怎么样?"

"那又太厉害了,能杀死 100 英尺长的鲸,也能杀死只有其 1/3 长的鳄鱼。况且我们要活捉而不是弄只死鳄鱼。"

那边儿传来一阵喊声,20 多个男人正帮着特得船长推动帆船,船在河床上摩擦着前进,一会儿就进入了深水。船摆正了重心,在经历了一番风险之后,它安然无恙。船长登上甲板,向两

---

① 陛下:指鳄鱼。——译者注
② 磅:1 磅 =0.4536 千克。——译者注

个孩子喊道:"把鳄鱼送过来吧。"

"别着急,"哈尔应道,"得等会儿。"

特得大笑起来:"我说过,没那么容易。"

"给我们扔一卷绳子过来。"哈尔说。

绳子扔过来了,在空气中发出嗖嗖声。

"你要绳子干吗?"罗杰问。

哈尔说:"一头拴到树上,一头做个套。用套扣住陛下的上下颌,拉紧,只要它嘴一闭上,就不会很危险了。剩下的就是解决'另一头'的问题了。"

这个计划看来还行得通。抛了几次之后,那环套终于卡住了鳄鱼双颌。绳索拉紧了,那大嘴啪嗒一声合住了。

在旁观看的村民欢呼起来,不过这种庆贺有点为时过早。恼羞成怒的鳄鱼两眼发光,向两个男孩直扑过来。但是他们站在岸上总是平安的——至少他们自认为平安无事。

他们忘记了,虽然鳄鱼大多数时间待在水里,可是在陆地上行动起来并不笨拙。他俩站在他们认为的安全距离以外,离河沿大约有 10 英尺开外。

鳄鱼在一秒钟里就越过了这段距离,甩动着那巨大的尾巴,想把孩子们击入水中。他俩扭头便撤,巨兽在后面紧追不舍。鳄鱼在陆上爬行速度之快简直惊人。一直在旁观看的村民向四下散去,这真是虎口脱险。

要知道罗杰已将绳子牢牢地拴在树上。一旦鳄鱼将绳子拉紧后,就会停止追击了。

这是理应发生的。但是这个一路猛冲的爬行动物一下子将绳

5 活擒鳄鱼

子拉得绷绷紧,继而将绳子绷断,仿佛那只是根棉线。这下鳄鱼像一匹脱了缰的野马冲了上来。

罗杰边跑边喘地说:"它折腾不了多会儿,它得回到水里去。"

"为什么?"哈尔说。

"它非得到水下才能呼吸呀!"罗杰说。

"你忘了,"哈尔喘着粗气,"鳄鱼可不是鱼,以前是陆地动物,长着肺,能和你一样地呼吸空气。"

他们跑到一棵树下,翻身跃上。树虽不大,但最低的树枝离地面也足有12英尺。

鳄鱼不给他俩片刻喘息之机。他们认为安全了,也没有时间去思忖。鳄鱼倒是有工夫考虑,它停下,以它30英尺长的躯体后部为基,仰起15英尺长的前半身,这样一来它的头比两个瑟瑟发抖的孩子还高出3英尺,一叼就中。鳄鱼抖开拴住双颚的绳套,张开黄色的巨盆大嘴。

两个孩子从树枝上跳下时刚刚能躲开这张大嘴,他们继续奔跑。

"特姆贝兰!"哈尔喊着,"上特姆贝兰。"

神屋的屋檐几乎触地,所以两个小运动健将没费多大劲儿就攀上了草屋顶,一直爬上离地面50英尺高的屋脊。

他们横跨在上面,罗杰说:"它到不了这上面——肯定不会。"

鳄鱼以比孩子们还快的速度爬上屋顶,又大又尖的爪子插进茅草屋顶,草灰四处飘散。未待它爬到一半,那屋顶承受不住一吨重的压力而塌陷了，鳄鱼掉进黑洞洞的特姆贝兰。

孩子们被近在咫尺且急红了眼的野兽吓坏了，不知不觉地滑落到屋子另一侧的地面上。他们已无力奔跑，只好藏身于灌木丛中观察着。

鳄鱼在雕像与头骨间乱撞着，企图寻路出屋，特姆贝兰里传来一阵稀里哗啦的声音。

"很快它就会找到门冲出来，"哈尔说，"如果我们在它出来时抓住它……"

罗杰嘲讽道："抓住那魔鬼？怎么抓？就用你光秃秃的两只手？"

"不，用网子。"

"那有什么用？它会把网子撕得粉碎。"

"我也说不准。我们不是有以前抓'白死神'的铁网吗？"

"白死神"是鲨鱼中最大最伤人的一种。

"能抓住那家伙的也应该能抓住鳄鱼。"

罗杰表示怀疑，说："我不信，不过可以试试。到哪儿去取网？"

"绕开这儿到船边，船长可以把铁网扔下来。"

撞！碰！撕！扯！鳄鱼在特姆贝兰里横冲直撞，目前还未发现大门。

孩子们向船奔去，呼喊着他们要大网。铁网被抛下来，由于铁网十分沉重，至少10多个人帮他们才把网拖到神屋门口，并把铁网固定在门两侧的柱子上。

太及时了，他们刚刚摆好大网，只听一阵木头的碎裂声，那

5 活擒鳄鱼

狂暴的猛兽穿出屋门,即刻掉进了铁网。哈尔和罗杰欣喜若狂,不料这两栖动物的牙齿虽不能咀嚼却擅长咬,它将粗粗的铁丝一口口咬断,任何金属钳也比不上它的威力。不足 10 秒钟,70 颗锋利的牙就咬出了一个洞,足够鳄鱼通过。随后鳄鱼返回水中。它又重新隐藏在芦苇丛中,两只发光的"灯泡"扫来扫去,震慑着人们。

两位自然学家铁了心,一定要抓住鳄鱼。他们走到河下游的一段安全地段,坐在岸边琢磨下一步的行动。

"这是个极好的猛兽,"哈尔说,"我相信爸爸也从未见过这样的鳄鱼,任何大水族馆都会喜欢它的。我们必须抓住它。"

"说起来容易,做起来难。"罗杰评论道。

6

电鳐的魔力

一次又一次的失败,他们已经心灰意冷。

他俩无精打采地坐着,扫视着水面。罗杰首先看见河床仿佛在动。

"那底下是什么?"

哈尔可以看到河底好像铺着一层毯子。可是为什么又在爬动,像是活的?而且那毯子还长着几十只眼睛。

"比目鱼,"他说,"也许是大比目鱼或鳐。——不,我看是魟鱼。不过它们只有一张饼那么厚,由于挨得太紧,所以看上去像一块满铺的地毯。但是你仔细看,就能发现每一条鱼约6英尺长、3英尺宽。"

"不可能是扁鱼类,"罗杰说,"魟鱼之类的应生活在咸水域,可这河水是……"

"尝尝这水。"哈尔说。罗杰用手指蘸点水放在舌上。

"咸的。"

"还记得把我们冲到这儿的潮吗?一天两次,海洋的水涌上来进入这条河。我们一直想抓的那条鳄鱼也是咸水动物——咸水鳄是世界上最大最凶残的。我得捉一两条鳊鱼,看看到底是哪一类。"

他下到浅水处,揪着一条鱼尾巴就拉,那家伙一跃掉到岸上,它翻滚着,扭动着;忽然靠近头的身体下部触到了哈尔的

6 电鳐的魔力

手,他跳起来,像是被击中了似的。他失去了感觉,周身麻木,几分钟后才恢复了正常。

"是电鳐。"

"电鳐是什么?"

"是一种带电的鳐,鳐鱼头后有个储电器。算我走运,只轻轻碰到了那部位。如果是强刺激会把人电晕甚至电死。"

罗杰向潜伏在上游芦苇丛中的鳄鱼望去。

"鳄鱼喜欢吃鳊鱼吗?"

"我想它会喜欢的。鳄鱼同鸵鸟一样——只要够得着的东西它们就一吞了之。解剖的鳄鱼腹中什么都有——不仅有各类鱼的骨头,还有人的骨头和被它们吞下的女人戴的项链和手镯;还有罐头盒、铁锅、餐碟、沙砾。"

罗杰眼睛一亮,说道:"我有个主意。为什么不喂鳄鱼吃条电鳐呢?能电你,就不能把鳄鱼电麻吗?"

哈尔咧咧嘴:"你说到点子上了。一条恐怕不管用,可是要是能让它吃上十几条,那就会让它发僵麻木,然后我们就可以把它拖到船上了。"

哈尔又抓住了一只电鳐的尾巴。"这家伙有 200 磅重,你得帮个忙。可能它会打滚折腾一阵,别碰储电器。电鳐还有个名字叫鱼雷,而且确实像鱼雷能致人死命,所以要当心。"

他俩齐心协力把这个蠕动着的大家伙拖上岸,又拖到张着大口的鳄鱼前。鳄鱼的大眼睛瞪着电鳐,他俩迅速跳上岸。

大尾巴嗖地一甩,就像船的螺旋桨那样有力,鳄鱼猛冲上去,一口吞下了电鳐。

又拖来一条电鳐，又是一顿美味佳肴，鳄鱼狼吞虎咽地吞了下去。于是来一条，吞一条。鳄鱼的行动一次比一次迟钝。第8条鱼拖来了，而鳄鱼的眼睛和嘴巴已闭上了，尾巴也不动了。这只巨大的野兽已经僵如木桩。

两个孩子手抓鳄鱼尾，拖着辉煌的战利品，一会儿蹚水，一会儿游水，到了船边。特得一直在观看，已经把吊车准备就绪，长满鳞片的"木桩"被吊上甲板又装进大储水池。

罗杰开始担心起来："但愿我们没把鳄鱼杀死，那对爸爸来说，就没什么用了。"

"鳄鱼是世界上最难杀死的东西之一，"哈尔说，"我看有10到15分钟，这鳄鱼就能缓过来。"

他们上岸等待。半小时过去了，哈尔也开始担心起来。恰在这时，特得在船上向他们喊着："彻底醒过来了，情况挺好。"

继而他们听到了水花四溅的巨大响声，这下又有新的麻烦事了——钢框加固的水池能经受住这样剧烈的撞击吗？

"它不会总这样的，"哈尔说，"鳄鱼比人们想象的要聪明。隔一会儿喂它一次，它就会老实了，老实得像只家猫。"

"我还是愿意要一只小一点儿的家猫，要是有一只8英寸①长的鳄鱼那可就好玩儿极了。"

"我真给你一只，你看怎么样？"

"那你就成了魔术师了。"

哈尔起身说道："请跟紧魔术师吧。"

---

① 英寸：1英寸=2.54厘米。——译者注

7 神秘的首次印记

哈尔带路走到最近的一间茅舍。门外放着一只石碗,里面盛着蛋。"这些就是给你的。"他说。

罗杰笑道:"你真是自以为高明,能从这里变出只鳄鱼来?我说过的,我要一只鳄鱼,而不是鸡。"

那些蛋看上去确实如同鸡蛋,但是,是特大个的。

哈尔拿起一只蛋,"这里可没有鸡。"他说。

"不过我敢说里面也没有鳄鱼,"罗杰说,"3英寸长的蛋里变不出8英寸长的鳄鱼。"

"魔术师就能变啊!"哈尔说。

一位妇女走出门来向他们微笑着,她指指哈尔手中的蛋,又指指哈尔的嘴。

"她让我把这只蛋吃了。"哈尔说。

"我不信他们吃鳄鱼蛋!"

"他们认为这东西不错。"

"那她为什么把蛋放在这儿晒太阳,那就该坏了。"

"不,他们是用阳光的热量使蛋熟化,就可以吃了。可是如果暴晒过长,里面就会钻出小鳄鱼来。也许我们可以找出一只来。"

他逐个拿起蛋,放在耳边听着,最后找到一只满意的。

"这就是你要的鳄鱼,"他说,"听,它想跟你说'你好'。"

"别逗我了。"罗杰说。不过他却拿过蛋放到耳边听起来,随后惊讶得瞪大两眼。

"里面有打嗝儿声。"他说。

"不是。你还听不懂鳄鱼的语言。它正在说,'我要出来了'。"

"我帮它一把。"罗杰应道,随即在石碗沿儿上轻敲着蛋的一端,蛋壳丝毫无损,再用力敲,仍无效果。

"好家伙,这蛋壳可是够硬的!"他拾起一块石头用力地敲打蛋壳,依然无效。"哼,这下子好了,我打不开它,鳄鱼也甭想出来。"

"让小东西试试吧,"哈尔说,"它会告诉你它的本事的,听。"

罗杰听着。此刻他听到一种敲击的声音,什么硬物正在从里面撞击着蛋壳。"听上去它好像在用一个小榔头敲击。"

"可不是小榔头,"哈尔说,"是它的卵齿。"

"什么?是它的牙吗?"

"不是牙。卵齿不在它嘴里,而长在鼻尖上。是大自然给它的礼物,所以它才能从壳里爬出。一旦它来到外面,卵齿就无用了,大自然又收回礼物,卵齿就脱落了。"

罗杰还是觉得哥哥在捉弄他,如果确如哥哥所说,那可是太棒了。

嗒、嗒、嗒,敲击更重了,蛋壳裂开了。

继而蛋端破碎,鳄鱼露出一小点儿,鼻尖上直立着一把小榔

7 神秘的首次印记

头——卵齿。多奇怪啊,牙齿长在鼻尖上。

接着,眼睛露出来了,热带地区强烈的阳光照得那眼睛一眨一眨。

罗杰伸出一只手指抚弄自己新获得的爱畜,这只小野兽立刻张开双颌,毫不留情地用利齿钳住罗杰的手指。

"哎哟!"罗杰叫道,"刚一出世就这个样子吗?"

看来,小鳄鱼已充分准备好要在这个世界上搏斗了。它虽然放开了罗杰的手指,但是却还是恶狠狠地啪嗒着两颌。

"我还是不信它有8英寸长。"罗杰说。

"它在壳里时缩成一个球,"哈尔说,"等着,它会伸展开的。"

罗杰等待着,心里想助它一臂之力,可又不想再挨咬了。这小东西肯定是愿意自己的事自己干。

罗杰把蛋壳及壳内的小住户放在地上。小鳄鱼向外挪动身躯,前爪露出来了,接着是背部,然后是后爪及尾部。的的确确有8英寸长,一只完完整整的鳄鱼,只是个子小了点儿。它可不像初生的婴孩儿需要照顾,却显出具有自我料理的能力。

那位妇女拿着一块鱼又出来了,她倾下身准备喂给鳄鱼,哈尔制止了她并用手势比画着让她把鱼交给罗杰。罗杰接过鱼,投进小鳄鱼张开的嘴里。

"你为什么不让她喂呢?"

"因为我想让你见识一下神奇的自然之力,你就要当妈妈了。"

"你葫芦里装的什么药?"罗杰说,"你什么意思,我是

7 神秘的首次印记

妈妈?"

"这就是首次印记的秘密,当动物出生之后,它所见到的第一个移动的物体就在它脑子里刻下了印记。如果动物的妈妈在它身边,那小生命首先见到的是自己的母亲,它从此就跟随自己的妈妈。但是,如果小动物的母亲不在近旁,当它睁开眼时,所见的第一个活动的物体就在它的大脑里刻上了印记,这个活动物体就取代了它真正的母亲的地位——特别是当活动物体给它喂食的时候。这只小鳄鱼首先看到的是你,而且又是你给它喂的食,现在你就成了它的母亲。好吧,再把你的手指放到它嘴边试试。"

"我可不想挨咬。"罗杰说。

"不会挨咬的,你试试。"

罗杰把手放到鳄鱼的颚边,那嘴紧闭着。罗杰起身挪动几步,小生命跟着他爬过来。这位少年"母亲"坐到石头上,那婴儿攀着他的裤腿爬上来,尖尖的小爪子扎进布丝儿里,随后坐在他的大腿上望着他的脸。首次印记生效了。那简直是一幅生动的母子图。

罗杰仍然将信将疑,"它也许不会辨别人,你和我一样也可以做它的妈妈。"

"咱们看看吧。"哈尔说。

他用手钩住小鳄鱼的脊背,试图把它从"妈妈"身边拖走。鳄鱼坚持着,不肯离开原地。终于,它被拽跑了,于是它像蛇一样地扭曲蠕动着,双颌一张一合发出啪嗒啪嗒的声音,并向哈尔的手咬去。哈尔立刻把它放回罗杰的腿上,它立即恢复了平静。

"可是我还是不明白,"罗杰说,"人类的婴儿不是这样,他分辨不出母亲和其他人，谁都可以抱他，要有几个星期或几个月的时间才能使他辨认出自己的母亲。"

哈尔点头道："是的，人类的婴儿并不比动物聪明。"

"行了，你怎么搞的？人类的大脑远远胜过动物的大脑。"

"这话也对也不对，"哈尔说，"刚出生时，许多动物可以即刻照顾自己，你已经看到了，这只小鳄鱼从壳体里一钻出就学会了自己去看、咬、行走。人类的婴孩儿能做到这样吗？人类的婴儿需要奶，而这个小东西一开始就能吃硬物。把它扔到灌木丛里，它马上就可以独立生活。如果把小孩扔进去，那很快就会死去。动物的大脑一开始就发育成熟而不再发展，人类的大脑一开始是不行的，但是却有能力发展，远远超过其他的生命。"

罗杰带着母亲的自豪看着自己的爱畜。"我给它起个名叫'灵灵'，"他说，"咱们到船上去让特得船长看看。"

他们来到河边，村民们看到小鳄鱼摇摇晃晃地跟在罗杰后面，都笑了起来。

他俩下河蹚着水走，罗杰回头看看"灵灵"如何，只见这8英寸长的小家伙毫不犹豫地跃入水中，游了过来。

"这可是人类婴孩儿干不了的。"哈尔说。

水深了，他俩也游起水来，不必担心搞湿衣服，他俩只穿着裤子，上衣早就让那些好奇的土著给剥走了，搞湿了的裤子让赤道上的太阳一晒很快就会干的。

到了船边，他们攀着软梯上了甲板。"灵灵"也跟了上来，可是它的爪子抓不住软梯，又滑落到水中，它发现一条从甲板上耷拉下来的绳子，这下它的爪子就可以扎进去抓稳了，于是它像

7 神秘的首次印记

个水手似的攀上了船,靠到母亲身边。

特得船长迎面走来,略带惊讶地望着鳄鱼。"不许这东西上我的船!"他吼道,趋身上前要将鳄鱼踢入河里。

"你敢欺负我的孩子?"罗杰说。

"孩子?说什么胡话?"

"这是首次印记!"罗杰说。

"首次——什么?"

"首次印记。"于是罗杰开始解释这一神秘的自然现象,仿佛他早就了解这一切而不是刚在 10 分钟前才学会。"所以,"他总结道,"我就成了它的妈妈了。"

"唉,我就等着受骗吧!"老水手说,"从来没听说过这种事。"他打量着罗杰,揣摩不出这孩子到底是个神童还是个白痴。

"不是让太阳晒糊涂了吧?"他说,"有些土著也叫太阳给晒糊涂过。"

8

"灵灵"船长

出世仅15分钟的小鳄鱼接管了帆船。

已经难以断言是特得还是"灵灵"担任着船长。罗杰的小宝贝儿在甲板上漫行，俨然如一名政府监察官似的审视着每一个角落。它探察了驾驶室、方向盘、指南针、船舵、起锚机，随后又爬上了桅杆，到达了筑在桅杆上的鸟巢。然后它又顺杆而下，钻入甲板下。厨房里传来饭锅掉地的噼里啪啦的声响，接着就安静下来，显然，它找到了可口的食物。

"它现在要干吗？"船长雷吼般地从下面发问着。他怀疑这小爬虫会侵吞贮存的食物，然而令他大吃一惊的是，这个小浑蛋出于鳄鱼的天性，并不是在吃什么食品而是在吞咽船长刚才放在厨架上的手表。他抓住"灵灵"身体的中段，用力挤压着，迫使"灵灵"张开两颌吐出手表，接着将这个蜷曲蠕动的小动物带到甲板上，抛进大鳄鱼栖身的水池里。

"鳄鱼总归是鳄鱼，让它们到一起去吧。"他说。

巨兽盯着小鳄，接着张开大口冲过来。

"快，"哈尔对罗杰说，"你儿子要完了。"

"怕什么？"罗杰反驳道，"鳄不吃鳄。"

"快，"哈尔催促着，"鳄鱼食同类，小鳄如果没有母亲在旁保护，公鳄会吃了它。你就会看到这一幕的。"

8 "灵灵"船长

但是罗杰可不想袖手旁观。他够不着"灵灵",这小家伙在池中央。别无他法,只有跳入水中游过去相救。罗杰入水的声响吸引了巨兽的注意力,当罗杰冒出头来时,看到两只大眼和一张巨大的嘴直向他扑来。他一把抓住"灵灵"甩上甲板,紧接着疾速游到池边,同时奋力搅起水花遮挡追踪者的视线。哈尔连忙过去将罗杰拉出池外,总算脱离了危险。罗杰席地躺倒在甲板上,一场拼搏之后,他大口大口地喘着粗气,心脏在猛烈地跳动。渐渐地,他恢复了正常。

"好了,到此为止,"特得船长说,"这小崽子差点儿要了你的命,还把我的船折腾得乱七八糟,现在我要让它从我的船上出去,现在就扔。"

"你别碰它,"罗杰说,"否则,就让你离开这条船。"

船长双目圆睁,"你说谁让我下去?"

"我。"

特得大笑起来。"你这个小家伙,"他说道,"你以为你像你的小鳄鱼一样灵。"一个14岁的毛头小伙敢与老水手较量,这使船长感到很逗趣。

罗杰像头急了的野牛,一头扎了过来,船长跨步一让,脚跟踩到甲板边缘,滑落到河中。

罗杰当即后悔万分,说道:"我不是故意的……"

"他会活剥了你的皮。"哈尔道。

船长浮上水面,气急败坏地吐着口中的水,但是他大声笑起来。也许他想起来了,哈尔和罗杰租下了这条船,现在就是船的主人了。总之,他是个不记仇的人。

孩子们帮他上了甲板,他还在咯咯地笑着。

"我干了件混事儿,"罗杰忏悔地认错道,"对不起,我不该发脾气。"

"没什么,"船长说,"做母亲的都会这样去保护孩子的。"

"我要看好'灵灵',不让他再给你捣乱了。"罗杰说。他找来一条细绳,一头拴住桅杆脚,一头拴在"灵灵"的脖子上。

大家都满意了。不过这仅持续了两分钟,那小东西已经用利刃般的牙齿将绳子咬断,重新活跃在甲板上,又要找麻烦了。

罗杰无奈,准备放弃了,看来只有把这小捣蛋扔下河去,让它自己去碰运气吧,要么自由,要么让其他鳄鱼吞掉。

这时,他猛地想起钢丝制的网子,他弄下来一段钢丝,将"灵灵"拴到桅杆脚上。小尖牙又开始咬起来,不过牙齿还未坚硬到钢丝钳的水平。

小家伙仰望着罗杰,似乎在说:"妈妈,我哪儿做错了?"如果世上确有鳄鱼泪的话,罗杰也能想象出这婴孩儿眼中流的泪水。他把自己的孩子抱到腿上,安抚着它。船长拿过来一块儿鱼,罗杰将鱼喂到小东西嘴里。家庭里的气氛又平静下来。

太阳已落山了。由于新几内亚位于赤道上,所以白天很热。可是此刻,烈日隐去,风从终年积雪不化的山顶吹下,给人带来缕缕寒意。

大家都累了。这一天干的事儿太多了。特别是罗杰,在生平第一次做了一天妈妈之后,准备彻底放松一下,他能想象得出自己的妈妈经历了多少艰辛才把他们两个生性好动的男孩子养大。他爬上自己的睡铺,即刻进入了梦乡。

8 "灵灵"船长

突然他被惊醒,什么凉乎乎的东西伏在身边,是不是哥哥也钻进来了?

"是你吗,哈尔?"没有回答。

罗杰伸手一摸,发现是"灵灵"。可是这小捣蛋鬼是怎么脱身的呢?

他发现钢丝仍拴在婴儿的脖子上,他顺钢丝摸下去,想找到被尖牙咬断的地方,但是钢丝上没有断裂或被咬的痕迹,他摸到钢丝头,发现钢丝是从桅杆上拽松了扣而脱落的。

小家伙以多大的毅力来完成这一步啊!它是以怎样的决心逃避寒冷啊?

现在他记起来了,爬行动物没有保暖中枢系统。人类是幸运的,体内的热量可以使自身的体温在日光下或阴影里、白天或夜间保持在略低于 37 摄氏度。可是爬行动物却不然,不论是蛇、蜥蜴,还是鳄鱼,它们体内都没有可保暖的火炉,它们的体温随外界的气温而变。

所以到了夜间,由雪山、冰川上刮过来冰冷的寒气,小鳄鱼已冻得僵硬,非常痛苦,若找不到温暖,还可能会死去。此外,它或许也感到孤独,所以它此刻紧紧地依偎在妈妈身边,贴在罗杰的肋部,凉得就像冰柱。

罗杰并没有把它推出去,相反,把它搂得更紧,将被单从身后给它盖好,用自己的体温来温暖这支"冰柱"。

他们双双入睡,一觉睡到第二天大天亮。

9

监狱

太阳在澳大利亚海岸升起,岸边有一处阴郁灰暗的监狱。

阳光未能射透那森严壁垒的高墙,牢房内阴森暗淡,屋顶悬吊下来的小灯泡,发出微弱的光。

卡格斯身体一颤。他是力大无比的壮汉,一脸凶相,背部隆起一团肉峰。他坐在小凳上,从床上掀起黑毯子披在身上,毯边沿着他的身体两侧耷拉下来,如两只翅膀,使他看上去就像一只正欲扑食的坐山雕。

被扑的正是布查,此刻他正在酣睡,就在"坐山雕"的利爪扑杀范围内,唾手可得。布查是布查尔(Butcher)①的缩名,他被关进监狱,是因为他人如其名,名副其实;他总是动不动就亮出弹簧刀。

卡格斯扑上去,不过,只是掳掉了同牢难侣身披的毯子,并把抢来的毯子又加在自己肩上。

牢中没有暖气,没有电视、收音机、读物,墙壁上连图画也没挂,只有石缝间渗出的冰凉的水珠。早餐还未送来,即使送来了,也不过是毫无味道的烂饭。没有寄托,只有在无望中度过余生。

卡格斯想,太不公平了,他不过杀死了几个人,还有两次欲

---

① 布查尔(Butcher):英文 butcher 一词有"屠夫"的意思。——译者注

9 监狱

杀未遂,所以不应受如此重罚。现在他丧失了一切权利。

没有人可以交谈。好在可以让这笨蛋醒过来聊聊,于是卡格斯照着布查的肋骨部位凶狠地踢了一脚。

布查呻吟着睁开双眼,他揉着肋部哀鸣道:"你想起了什么惊天动地的事吗?"

"就是要给你道个早安。"卡格斯号叫着。

"一睁眼先看到的是你恶狠狠的脸,这可不是道早安。昨天早上比这会儿可好多了,因为你还没来呢。他们怎么搞的,为什么把你和我关在一起?"

"我想他们认为你需要个好伴儿。"卡格斯说。

"你干了什么事儿,跑到这鬼地方来了?"

"难道你还没看到报上说的吗?"

"报!什么报?我关进来 6 个月了,一张报也没看过。"

"唉,"卡格斯说,"要是没听到关于我的事,那你可是亏多了。到处都传遍了,大家全知道。"

"我还不知道,"布查道,"讲给我听听,让我高兴高兴。"

"嗯,既然是大家都知道的,我就把那些有滋有味的精彩细节告诉你。一开始是在旧金山的一处渔家码头出了点麻烦,一个喝醉了的水手碍了我的事,我最讨厌别人碍事,我被惹烦了,于是杀了他。没人看见,我便溜进一只小船跑到苏萨雷托,我躲在谬尔丛林里,待那件事烟消云散之后,我才出来。

"干那事儿太轻而易举了,所以我又干了一次,杀死了两个,叫人给抓住后在监狱里过了一段。我使他们相信那是非预谋杀人,并且表现好而被释放。你可不知道,好好表现一下会多有用。

9 监狱

"可我在旧金山是混不下去了，于是我动身去南海。"

"为什么去南海呢？"

"因为我曾听人说起过珍珠可以发财的事。有个大动物学家在那里建了个珍珠场，并且想让年轻的动物学家哈尔·亨特去看看。当然这一切都是极其秘密的。

"我想办法认识了这位叫亨特的家伙——告诉他我是传教士，要去太平洋各岛。"

布查笑道："你，传教士？你怎么能不露馅儿呢？"

"容易得很，你知道吗，我家那老家伙活着的时候是个牧师，我也得去'礼拜学校'，听到耳朵都磨出了茧子。我能熟练地背诵《圣经》，也许做不到每个字母全准确，可是谁又能听得出呢？我们家人还真想过让我当一名传教士呢！所以扮成传教士，对我是一点儿不成问题。

"亨特和他弟弟罗杰想帮助当地的土著，所以他俩让我上了他们的汽艇，与他们一起从波那佩大岛旅行至更北部的那些小岛。我想先弄清楚那个珍珠岛的方位之后，再坐小帆船回来偷走珍珠。于是，我每天都看航海日志，哈尔对此起了疑心，开始在日志里标上假方位。

"我们到了一个孤岛——岛上没有任何生命——于是我只身一人溜进汽艇逃之夭夭，把那两个孩子甩在岛上让他们去等死吧。唉，这就是刚才说的没杀死的那两个人。我认为他们必死无疑，便租了只帆船沿回路找珍珠。可是，由于那个小滑头在日志里记下了假的方位，我找不到那个岛了。当我回到波那佩岛时，几乎要死了。与此同时，他俩造了个木筏，等我到波那佩岛时，

51

他们早到了。多让人扫兴!"

"他们让你好一通折腾,"布查说,"他们骗了你。他们这样的滑头才应该待在我们现在待的地方呢。"

"是的,"卡格斯大声说,"我永远不会饶恕他们。我在这儿终身服刑,他们却自由自在。等着吧,我要找着他们,还有他们那个船长——他不让我偷他的船。"

布查的眉毛一扬,问道:"你打算离开这儿?"

"只要能逃身出去,我就先去新几内亚,在航海讯息栏里找到亨特他们俩的去向。我一定要找到他们,杀死他们。他们上一次把我骗了。"

布查听不明白,又问:"他们怎么骗你了?"

"怎么搞的,我不是告诉你了嘛,还有好多没来得及说呢。他们没死在那个岛上,就是骗了我;他们记假方位,就是骗了我;他们告诉警方说我不是传教士,就是骗了我;我在海底城当上了教堂的教长,他们没让我干成,这就是骗了我;我想借一次山崩埋了他俩,他们躲开了,就是骗了我;我打算去搞一只满载金银的船,船上的黄金足够我悠悠闲闲地过一辈子,也未成,就是他们骗了我;我在'星期四岛'上杀死了养珍珠的人,他们让军警抓住我,这也是骗了我。他们现在还在骗我——让我在这个臭烘烘的洞里腐烂,了却一生。欺骗、欺骗——全是欺骗。这些人就不该活在这个世界上。"

"我知道你什么意思了,"布查说,略显疑虑,仿佛还未全搞明白,"不过你真的打算离开这个脏窝?"

"当然。"

9 监狱

"你发誓?"

"我发誓。咦,你知道什么我还不知道的秘密吧?"

布查犹豫道:"你能让人信得过吗?"

"该与朋友实话实说,我告诉了你一切,你要说什么就痛快说吧。"

"嗯,这是相当秘密的。"

卡格斯脸色一沉,他恶狠狠地踢着布查,说:"快说,否则我活剥了你的皮。"

布查几乎是在耳语:"我们有一帮人准备明晚越狱。你想不想参加?"

卡格斯咧嘴笑了:"我想不想?除了这个我什么也不想。"

"好吧。别吭声,什么话也别说,谁也别看,否则就会露馅儿了。能保证吗?"

"当然。我保证——我是信守诺言的。可是你们打算如何行动呢?"

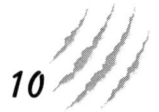

10

"高尚"的卡格斯

"在隔壁那间牢房里,他们已经挖了好几个月了,什么工具也没有,只有一把折刀,现在已挖好一个洞,足以让人通过爬到监狱的院内。"

"看守怎么办?"

"洞口边儿上只有一个岗哨,我们把他干掉,然后向外墙冲。当然墙角顶上有塔楼,两个对角的塔楼上各有一个卫兵,不过他们相距我们这儿有 500 多米,不等他们来得及,我们已翻过墙跑了。"

很简单,卡格斯在想,太简单了。然而他嘴上却说:"好极了,我和你们一起干。"

"对着心画十字,不成功便成仁。"

卡格斯对心画着十字,"不成功便成仁。"他说,不过他没说出来谁成功谁成仁。

他越思忖这事,就越觉得没把握,也不想去成仁。他当然想逃走,但不能这样干。第一个通过那个洞的人将面对哨兵,他不能及时地干掉哨兵,哨兵就来得及吹哨报警。总报警器一响,院内其他地方的卫兵会一齐冲过来,探照灯会对准囚犯,塔楼上的警卫就会用机关枪扫射,任何想越墙而逃的人都会让子弹打成蜂窝。

10 "高尚"的卡格斯

不行,不能这样干。他全神思考着,终于一丝笑意慢慢浮上面孔。

布查喜形于色,"看来你觉得这主意不错。"他说。

"的确,很好的计划。定能成功。"

然而,他却在打着自己的算盘,只有他能成功,那些傻瓜则不然。

"他们是否整天地把我们关在这儿?"他询问道。

"不,"布查说,"他们每次放几个人出去活动一下。"

"什么活动?"

"就是在院子里走一走。"

"什么时候让我们出去。"

"差不多11点钟。"

11点刚过,随着钥匙与锁摩擦的咔嚓声,一个卫兵打开门,并说:"你们俩,出来。"

布查一跃而起,但是卡格斯原地未动。

"快走啊。"布查说。

"我不太舒服,"卡格斯道,"我不去活动了。"

当布查一走开,卡格斯就对卫兵叫道:"我要见监狱长。"

"啊,你想见监狱长,是吗?监狱长忙着呢,没工夫见你。"

卡格斯全身挺直摆出一副无畏的姿势:"你跟我说话要注意礼貌,否则我就去报告。我可不是你们抓来的普通囚犯,我有最最要紧的事对监狱长说,为的是他而不是我。"

"什么事儿那么重要?"

"我要跟监狱长说,不跟你说,快去吧,要不可别怪我发火。"

卫兵走了。几分钟后他又回来打开牢房的门。"好吧,还挺神气的,监狱长只给你一分钟的时间。"卫兵在前面带路到了监狱长办公室。

坐在办公桌后面的监狱长几乎被桌上一摞摞的文件全遮住了。他向囚犯嘟哝了一声,又干起自己的事来。卡格斯站着等候了5分钟以等待这一分钟的接见。随后他四顾周围,试图找把椅子,卫兵抓住他的臂膀,轻声喝道:"站着。"

那卫兵还有其他的事要办就离去了。卡格斯又等了10分钟。

这时,监狱长才抬起头,仿佛是刚刚注意到卡格斯。

"好吧,好吧,"他不耐烦地说道,"你要干什么?看不出我忙得很吗?抱怨、抱怨——除了抱怨,你们这帮人还会说什么?好,现在说说什么事儿吧——吃的、取暖,快说,说完了就走。"

"不是抱怨,先生。"

"你们全是一个样。你说你不抱怨,接着就哀号。你的时间到了,出去吧。我知道你们这一套,笨蛋。"

"先生,我到这里不是来受侮辱的。"卡格斯说。

狱长眼睛一瞪:"你再废话,我就把你单独囚禁。快说吧——诉你的苦吧。"

"我说,我不是来此抱怨的。我是来帮你忙的。"

狱长笑道:"今儿可是好日子,我得让犯人来帮忙。你叫什么名字?"

"墨林·卡格斯。"

"我记得你这桩案子。你不再受人尊敬,你有刑事犯罪史,

10 "高尚"的卡格斯

你住过圣奎丁监狱,现在给关起来是因为在星期四岛上的凶杀案。门口有警卫,他会押你回牢房的。"

"走之前,"卡格斯道,"我要在你桌上扔颗炸弹。"

狱长跳起来,后退着。他脸色铁青,身体因惧怕而颤抖。

卡格斯狡黠一笑,说道:"不是真炸弹,只是告诉你有人要越狱。真要成功了,你也就干不长了。作为一名好公民我认为我有责任通知你。"

狱长改变了姿态。现在是一副和蔼可亲的面孔。

"你来就是为了告诉我这个?"

"是的,现在我已经报告完了。"他转身向门口走去。

"等一下,"狱长说,"老弟,恐怕我先前对你的认识有误。"

"我接受你的歉意,"卡格斯大度地说,"现在请允许我离开吧。"

"别走——请别走,说细点。你说得对,如果真让这事发生,那我就失职了,你为我效了大劳。越狱何时开始?"

"明晚。"

"有多少人?"

"这个我不知道。我想有不少人。有人邀请我参加。"

"谁?"

"一个下流货,他与我同牢,叫布查。"

"他们打算如何逃跑?"

"他们在隔壁牢里挖了个洞通到院子里。他们计划杀死院内设的看守,然后越外墙逃走。"

"那么你其实可以和他们一齐走。可你没那样做,而是来通知了我。你是终身监禁,明晚本可以取得自由的。你做得对,这很好,很高尚。"

"是的,先生,"卡格斯应道,欣然接受了赞扬,"我认为这是我的责任。"

"可是你过去对自己的责任想得太少了。"

"很遗憾确实如此,"卡格斯说,愧疚地低下头去,"但是自从被判终身监禁之后,我想了很多很多。事实上,我已经变成另一个人了,我认识到了自己过去行为的错误,我曾经装作教士,想起这些,我只想改过自新,从现在起一切从善。"

狱长轻信了他的话,完完全全被征服了。无论怎样,他以行动证明了自己,他放弃了自由而选择了正义之路。

"等这伙浑蛋从洞里出来时,我们要给他们瞧瞧,不是一个卫兵,而是100人的接待团。如果你所讲的得到证实,我就给你特权。"

卡格斯仰起头来,挤挤眼睛,以给人一种压住欲出的眼泪的印象。"我无法表达对你的感激之情,狱长。我说过,我什么也不要。但是我只有一个要求。"

"什么要求,好人?"

"借我一本《圣经》。"

他确实变成另一个人了,狱长这样想着,同时从自己的书架上取出一本递给了他。

"你不知道,这对我意味着什么。"他说,声音略微发抖。他走出门去,紧紧地将书贴在心口处。

他随警卫沿走廊走着,抑制不住心中的喜悦。啊,太棒了,

10 "高尚"的卡格斯

棒极了！他已经完成了预期的计划。塔楼上的卫兵使用机关枪，越狱绝不会成功。可是他却成功了。他已经用迷雾蒙住狱长的双眼，他将成为特权犯人了——一个长期囚犯得到充分的信任并可以自由行动，这就可以有机会逃脱了。

当布查活动回来后，发现卡格斯仍待在牢内，原地未动，一副病态。

"不要紧，"他同情地说，"等明天晚上，当你把这虫窝远远地甩在身后，你就会好了。"

"你们的计划好极了，"卡格斯说，"你能让我参加进来，你知道我是多么感激你啊！谢谢你告诉了我这些。我很快就要去新几内亚了。"

11

逃跑失败

一个黑夜,又一个白昼,越狱的时刻快到了。

"我们像往常一样去吃晚饭,"布查说,"回来时别进咱们的屋,溜到隔壁,然后钻出去。"

卡格斯在床上蜷缩着,扭动着。

"怎么啦?"布查说。

"疼死了,"卡格斯说,"恐怕不能和你一齐走了,可能是阑尾炎,很遗憾,我赶不上这次机会了,但是你一定要争取走,别管我。"

"也许吃过晚饭你会好一点儿。"

"我什么也不想吃,我动一下就疼得要死。哥们儿,去找自由吧,让我自己忍受疼痛吧。"

布查刚一离去,卡格斯立刻就好了。他焦急地等待行动的开始。这帮人还吃得下东西吗?

晚饭后,通常允许犯人自己回屋,如果他们愿意,也可以在活动室待一会儿。卫兵们过会儿才来锁门。

在这短暂的自由时间里,卡格斯听到走廊里的脚步声,晚饭后,人们拖着步子往回走。不过他知道这些人没有回各自的住处,而是奔隔壁而去,那里有一个可以让人爬出的洞,它代表着自由的希望。

11 逃跑失败

他屏住气听着。厚厚的墙壁使他听不清隔壁的动静。直到后来他才知道,他们如何钻出洞,没有碰上一兵一卒。当全体都出来后,正要穿过院子直奔围墙之时,卫兵从掩蔽处一齐冲上将他们团团围住,强烈的探照灯光柱从塔楼上直射下来。有些囚犯冲出包围圈向外墙冲去,塔楼上的机关枪嘶鸣着击倒了他们。其他的人被赶回监狱单独监禁。

半小时后,卫兵来到卡格斯的牢房,透过铁栅望了一眼,随即锁上门。

"布查在哪儿?"卡格斯问。

"死了。"卫兵答道,转身离去。

卡格斯笑了。他独自一人拥有这牢室,很是满足。布查和其他的那些傻瓜是自找倒霉,卡格斯觉得自己比他们聪明多了,他们草率从事、前功尽弃,他将寻机而逃,他会大功告成。

上午,他被召到办公室。上一次他在这办公室里受到狱长的冷遇,此次,他刚一跨进室内,狱长就起身伸出双手迎过来。他们互握着手,狱长说:"卡格斯先生,对于你为我、为我们所做的一切,我真不知如何感谢你。我知道,作为讲信誉的人,你是多么不愿意告发你的朋友。"

卡格斯一抹眼像是抹去一滴泪水。"我的心都碎了,"他说,"知道他们的结果了,我的好朋友布查还有其他人死了,余下的人正等待惩罚。正是出于对你高度的忠诚,我才揭露了他们的罪恶计划。"

"我理解,"狱长答道,"虽然我知道你这样做并不是为了酬报,但是我还是要奖励你。"

"不，不，"卡格斯反对着，"我什么也不该得到，我只是尽了责任而已。"

狱长笑着说："我知道你会这样说的。你是个好人，有你这位朋友我很骄傲。你以行动排除了怀疑，证明你是可以信赖的。现在已经没有必要把你关闭在牢房里了，我希望你搬到我隔壁的办公室来。你不仅仅是个特权犯人，而且也是我的助手。我不能改变你是因犯这一现实，但是我可以让你享受其他犯人所没有的自由。我有时还会让你到监狱外面、去镇上办些事，我知道你会回来的——这一点已经证实了，你放弃了逃跑的机会。好吧，现在我带你去看看新房间。"

他推开了隔壁房间的门，站到一边，让卡格斯进去。

房间比狱长的办公室小些，可是比卡格斯的牢房大两三倍。窗户上没有设置铁栅，墙上挂着油画，地上铺着地毯，室内还有电取暖器、收音机、热咖啡用的电灶、安乐椅，写字台后面放着一把转椅。与办公室相邻的是舒适的寝室和整洁的卫生间。

"喜欢吗？"狱长问。

"对我来说，过分了，"卡格斯谦卑地说，"我不需要这些。"

狱长膨胀得像只凸胸鸽，这位囚犯的感激之情令他满意，"还有什么需要我帮你办的吗？"

"没有，"卡格斯说，"不过有一件事儿。"

"说吧。"

"我希望能有条件向我的伙伴们布道。虽然我不是什么正式的教士，可是也许我能给他们一些灵感和安慰。"卡格斯说。

"当然可以，"狱长诚恳地说，"而且你本身高尚的品质就是

11 逃跑失败

在为这些小偷、杀人犯树立榜样。"

狱长十分满意,回到了自己的办公室。他又探进头来说道:"顺便告诉你一下,桌上有按钮,如果叫卫兵,按一下就行了。已经告诉他们要执行你的命令。"门关上了。卡格斯轻声地、咯咯地笑着,他走到桌旁,坐进转椅,按下电钮。不一会儿,办公室的门开了,出现了一个卫兵。

"我在这儿吃早饭。"卡格斯说。

"咖啡和面包卷?"

"再多点。瓜、热汤、熏肉、鸡蛋、牛排,还有一瓶香槟。"

那卫兵听得目瞪口呆,接着匆匆跑去执行长官的吩咐。

卡格斯向后仰靠着,丑陋的脸上泛开一层笑容。他似乎已经品味到了即将端上来的早餐,并欣赏着自己的高招儿。如果他知道一星期后等待他的食品将是生甲壳虫、水煮虫、腌蚂蚱,也许他就不会如此得意忘形了。

12

步出监狱

丰盛的早餐端上来了,卡格斯一直津津有味地品尝到最后一口,这才是生活啊。要不是布查,他现在可到不了这儿,布查为了帮助他而大失其策,软心肠的布查啊,就这样丧了命。幸亏卡格斯向狱长告了密,现在的情形是,布查及他的朋友们不是已死就是被单独监禁。

单独监禁实际上是活着的死刑。被囚禁的人永远不能与他人会面,听不到别人的谈话,困居在储藏室那么大的小牢里,以水就面包为食,鉴于越狱是严重的不轨行动,这种形式的囚禁会持续多年,最终犯人不堪忍受,用头撞石墙直至撞出脑浆,以此来结束一切。

所有这些都令卡格斯无动于衷。他已经找到了一个舒舒服服的位置,还挺愿意待下去的。

然而,他仍是囚犯,他的仇人还在外自由自在。他们在智力上胜过了他,但是他要不惜一切地奔赴新几内亚,找到他们,消灭他们。

两天后,机会来了,狱长让他去镇上的批发市场采购用品。

"把囚衣脱下来,我借你一套制服穿。这是采购物品单,这是钱。我想大概要用 200 元,养活 500 个人需要不少钱呢。"

卡格斯没有接钱,他说:"我想你还是让他们把账单寄来,

12 步出监狱

你再给他们邮款。"

狱长很满意:"你这样讲就更证明你是可信赖的。"他把钱硬塞到卡格斯手里。"这款不能邮寄,"狱长说,"他们要求当场以现金付款。这是你进来时没收的钱,给你。这张通行证出大门时交卫兵检查后通过。别急着回来,你需要娱乐一下,如果愿意,去看场电影。"

13

蚱蜢午餐

卡格斯穿过监狱,在门口将通行证向卫兵一亮便跨出了大门。

他并不即刻就坐出租车,那样就错了。他步行了半英里①多路,到达闹市区,然后才招呼出租车。

"上哪儿?"司机问。

"机场。"

他坐在后面,游览着市容。他轻拍着口袋里装的厚厚的一大沓钞票。

机场到了,他对司机说:"稍等一下,我马上回来。"

他直奔"泛澳航空公司"服务台。

"去莫雷斯比港最早的班机什么时候走?"

工作人员抬头看了一下离港时刻表,"15分钟以后。"他说。

"来一张一等舱票。"

"你的姓名?"

"霍勃斯·威伯雷。"

工作人员写下"霍勃斯",然后止住笔问道:"最后一个名字怎么拼?"

---

① 英里:1英里=1.609344千米。——译者注

13 蚱蜢午餐

卡格斯一下子蒙了。他不知道如何拼,但必须马上拼出来:"W–u–b–l–e–r–y。"

"最后是 l–u–r–y 吗?"

卡格斯也记不清自己刚才是怎么拼的了,便说:"对,对。"

"请交行李吧。"

"没行李。"卡格斯说。

工作人员吃惊地望着他,卡格斯觉得有必要做一下解释。"我已经提前运走了。"他说。

"那好,"工作人员报了票价,卡格斯付了款。"现在正在登机,6 号门。"

卡格斯迈步向 6 号门走去,他注意到那位出租车司机耐心地站立在主大门入口处,等着车钱呢。事不宜迟,卡格斯当即穿过登机门走向飞机。

上机后,他舒适地坐到靠窗的座位上,当他用眼扫向窗外时,看到那司机正在登机门口与检票员争辩着,检票员态度坚决地不准他无票入内。气愤的司机看到了卡格斯,向他挥舞着攥紧的拳头,卡格斯惬意地笑着向那司机挥了挥手。

飞机起飞了,航行于澳大利亚海岸与大堡礁之间。

飞机飞过了海底城上方设置的供给船,200 多英尺下面,他曾担任水下小教堂牧师——后来人们才发现他是臭名远扬的凶杀犯,于是他被解雇了。他仍在怨恨那两个孩子使他丢掉了饭碗。他从心底里感到痛苦,感到遗憾,在大堡礁他制造的石雨怎么没有杀死那两个孩子。

飞机又飞过另一处他记忆犹新的地方——星期四岛,这里有著名的潜水采珠专家。他曾以珍珠商的身份在这里度过一段时光,后被人们发现他是个骗子,于是他杀了那个采珠员,为此,他被送进了监狱。所以他又怪罪于那两个孩子,是他俩在船被偷走的情况下又追上了他,把他带到布里斯班送交给澳大利亚警方。

接着飞到了新几内亚上空,下面是广阔山脉。飞机开始下降,降落到海岸城市莫雷斯比港。

他明白到这会儿,狱长一定开始担心他出什么事了。不久就会报警,警察就会四处搜捕他。

他对这座小城十分熟悉。通常他总要到波罗口饭店过夜,可是这次要去那儿,也许不等天亮,警察就该来访了。

"上哪家旅馆?"当他钻进一辆出租车时听到发问。

"不去旅馆,"卡格斯说,"带我上码头。"

一到小船坞,他就向租船室走去。海湾上布满了小船。

"我要一只带大功率引擎,有一个小船舱的快艇。"

"靠码头边上的那个怎么样?"

"看上去不错,时速是多少?"

"20节①。"

"油箱能装很多油吗?"

"你去哪儿?"

"特罗布里恩德群岛。"

"足够你到那儿的,油箱现在是满的。"

---

① 节:航海术语,1 节 = 1 海里/小时 = 1.85 千米/小时。——译者注

13 蚱蜢午餐

"租金多少?"

"每天 18 澳元。"

"很好,挺合算,"卡格斯说,"但是我得先试试,行吗?"

"嗯,如果开上半个小时左右,那不成问题。你叫什么名字?"

"约翰·史密斯。"这次卡格斯可注意了,得报个他拼得上来的名字。

"去试会儿船吧,你会喜欢的。"

卡格斯登上船,发动了引擎,轻盈地驶出港湾。当他驶出人们的视野后,并没有驶向特罗布里恩德群岛,而是向完全相反的方向——通过珊瑚海沿新几内亚海岸向西而去。

眼下,他的目的之一是摆脱澳大利亚边防巡逻队的追捕,所有新几内亚的东端都由澳大利亚统辖。岛的西部属印度尼西亚,那是一片荒漠之地,没有印度尼西亚的警察,又完全超出了澳大利亚边防军的控制范围。

他敢肯定,那两个男孩子已经到了那里,因为他们要捕捉活动物,而野生动物在那里要比在较文明的澳洲东部多得多。报纸上早清楚地说过,亨特兄弟要去的就是这一带。

当务之急是离开澳大利亚领海。他在这一区域待过好几年,所以对地理环境十分熟悉,还可以用本地土语与人交谈。

按 20 节的速度,他需要 22 小时的时间驶过 450 海里的水面进入印度尼西亚边境。也就是说他必须一整夜加上几乎另一个白天连续行驶,睡眠,他是无暇顾及了。

船上没有给养,就是说他在 22 小时之后才能到达边境,从当地村里找些食品；在此之前他必须饿肚子。当然去找食品也要冒风险的，在这个食人的岛屿上，可能他为自己找不到什么吃的，却很有可能成为食人肉成癖的土著的食物。不过他感到还是比较安全的，因为他知道那些食人的土著并不十分喜欢白人的肉，因为吃起来太咸还有一股烟草味。所以，不到他们饥饿不堪的时候……整夜他都不敢打一下盹儿，第二天整个上午他都继续赶路，中午时分，他加大油门通过了托雷斯海峡，又一次路过他曾杀过采珠员的星期四岛，直至下午，他才松了一口气，现在他肯定已到了印度尼西亚海岸这一边儿的阿拉佛拉海。他在马老奇靠岸加油，但他不敢去找食物，因为过长地逗留会有危险，此处与澳大利亚领区紧紧相邻。此处也并非野生动物寄居地——亨特兄弟肯定已沿岸走了很远了。

他开始放慢速度，只要是亨特他们有可能上岸的地点就调查一番。这么多的河流，他们很可能沿着一条河往上走了。他沿着拜恩河上行，到达了一个小村庄。村民们对他白色的皮肤十分好奇，所以他明白他们不可能见到过亨特兄弟俩及特得船长。

他饿极了——可是当他看到端到面前的食物：腌蚱蜢、生甲壳虫、朽木中挖出的又在血里煮过的虫子，真是大倒胃口。不知那虫子是用人血还是动物血煮的。

他强迫自己咽下所有的吃的，用河水冲下肚去，并压抑住强烈的想吐的感觉。

一个念头油然而生，也许他太傻了。不如仍留在狱中，此刻正可以享用上等的澳大利亚食品。

甜食端上来了，他的情绪好起来。啊呀！又让人大失所望。

13 蚱蜢午餐

石碗当中放着巨大的足以捕捉鸟类的蜘蛛,煮得正好,上面又撒上了蟋蟀做点缀。他拒绝了这道菜。替换上来的是一只幼蟒,绝对又鲜又嫩,因为它还活着。他心里明白村民们给予他的是极其特殊的款待,因为按他们的看法,蛇肉要比鸡肉味道美得多。

他愤愤地将蛇摔到地上,对围观的人们破口大骂。作为回应,人们开始诅咒他,有一个人举着石斧冲过来,只要一抡,就可以轻而易举地将他脑袋一劈两半。

他觉得退却是明智之举,于是他退到船上,顺河驱船而下,不时地躲闪着人们从岸上扔来的石头。

他渴望自己仍留在狱中,那该多好啊!

他沿岸继续前行,查找每一条河流。夜里他只好睡在船上,船舱顶部开裂了,赶上大雨,当他醒来时,已是浑身透湿。他恨死了这些土著,土著也恨透了他。

他四处探寻那3个白人的下落,但是一无所获。后来,当他有一次把船靠上岸滩时,从村里走出一个巫医。

"你看到过一只船和3个白人吗?"卡格斯问道。

那巫医眯缝着眼小心翼翼地反问道:"你是盼他们好呢还是坏呢?"

"坏。"卡格斯说。

那巫医一笑:"那我就告诉你吧。他们就在上面那条峡谷里,在艾兰顿河上游。"

"你怎么知道的?"

"我见过他们。我是那个村的头儿,他们鼓动全村人反对我,我只好离开。你打算将他们怎么办?"

"杀了他们。"

"好！我已经给他们发出恶咒，我要给你发出吉语，还要送给你斧头、弓、箭、长矛。"

比起所有这些武器，卡格斯更愿意要一支左轮枪。当然他还是带上了这些武器，匆匆上路了。他沿着多石的海岸向艾兰顿河上游驶去。

每隔一会儿，他就将引擎熄灭，以便听清周围的动静。终于，在河水拐弯处，他听到了人们的说话声，于是他将船掩蔽好，爬行着穿过丛林，到了可以看清村庄的位置。

"飞云号"紧贴着岸边漂浮着，他的追踪到此结束了。

他返回自己的小船，悄悄地乘船向下游漂去，漂到一处更安全的地带后，他便开始筹划对策。

14 一万年前的你

你,想想你自己,当文明之初时——你会是什么样?你在做什么事?你又有什么样的行为?

"真有点儿令人毛骨悚然,"哈尔说,"如同一场梦。我总是这样想,这些食人的土著也许和一万年前的我或我的祖先一样。我感到自己退回到了石器时代。"

"噢,"罗杰说,"那你自己觉得怎么样?"

"我认为自己是个傻瓜。"

"没关系,"罗杰宽慰道,"再过一万年,你就会摆脱愚昧了。"

哈尔一把将弟弟的头按到身旁的水里。

孩子们很快就掌握了这些单纯的人的简单的语言,已经可以与当地人进行一些交谈了,随后,他们也了解到当地人更多的怪习惯。

自从巫医被驱逐后,帕瓦当了村长,孩子们和他交上了朋友,这会儿,帕瓦坐在他俩身旁,正在数着他从蟒蛇腹中取出的鸡蛋。

帕瓦的母鸡是下蛋的能手,他为此而骄傲。当母鸡离开窝的时刻,蟒蛇侵占了鸡窝并吞下了鸡蛋。于是帕瓦用磨尖的石刀剖开了蛇腹,发现鸡蛋既没碎也没裂。

此刻他正在数鸡蛋,那数法真让人好奇。他先点左手的五指,然后是左腕、左前臂、左臂肘、左上臂、左肩、脖左侧、左耳、左太阳穴、前额,接着是身体右侧的相同部位,最后数到右手的小指,总共 27 个。这是最高计数了。可是还多出两个鸡蛋,既然数不过来了,帕瓦只好打碎了鸡蛋,将生蛋清吞了下去。

帕瓦有支笔,但不会写字。他羡慕哈尔的圆珠笔,所以哈尔就把那支笔当作礼物送给他了。笔是金色的,村头儿认为这是件很好的装饰,所以他把常戴在鼻子上的野猪牙取下,硬是将笔塞进,挂在鼻子上。与猪牙相比,笔确实美观多了,他的朋友们更是认为美极了,特别当他按笔的尾端,圆珠芯从另一端凸出,简直如同变魔术一般。

"不知道他是否理解写字是怎么回事儿?"罗杰说。

"一万年前,我肯定谁也不懂,"哈尔说,"那时还没有书写这回事呢。"

"那埃及人呢?"

"他们在后来才发明了文字,而且实际上不是在写字——是在画图。咱们试试帕瓦,看他怎么想。"

帕瓦已经在河里清洗了鸡蛋,又放回鸡窝,那几只母鸡立刻回到窝中,用自己温暖的身体伏盖住鸡蛋。

哈尔在笔记本上写着,他注意到帕瓦正在一旁观看,似乎在想哈尔为什么把时间浪费在画这些毫无用处的圈圈点点上。

"咱们让他看看书写也有一定的神通,"哈尔说,"你到一个朋友家去,我让他带个字条去找你,你把字条上所要的东西交给他。这样,他就会明白笔的威力了。"

14 一万年前的你

罗杰走开了,坐到一间屋子门口。哈尔指着岸边的一条鱼向帕瓦比画着,他用两手做了个向下戳的动作,帕瓦点点头——他明白哈尔需要一支尖矛。

旁边正巧有个男人在劈圆木准备做独木舟。

哈尔顺手拾起一块木片,在上面写下"矛"字。他将木片递给帕瓦,道:"去找罗杰。"手指着屋子的方向。

帕瓦看着木片和上面的标记,有些不知所措。最后他还是手执木片走开了,不过从他脸上的表情看,他认为哈尔有点晕乎乎的。他走到罗杰处,递给他木片。罗杰二话不说,转身进屋,拿出尖矛交到帕瓦手中。

帕瓦带着木片和尖矛回到哈尔这里,他看着哈尔,仿佛哈尔是一名神工巧匠。气喘吁吁的帕瓦递上尖矛,挥舞着那木片急匆匆地跑去找朋友了。

"看看白人做了些什么吧,"他仿佛在说,"看看这木片,他能让木片说话,我把木片给罗杰看,木片就告诉他一切,木片会说话啊!"

这还是破天荒的第一次,村里人刚刚知道书写带来的奇迹。连续几天,人们交口赞叹"会说话的木片"。

对于这些生活在石器时代的人来说,不仅仅书写是神秘的,就连图画也令他们费解。哈尔从船上拿来一本杂志和一些照片。杂志的封面上是一只河马,帕瓦和他的朋友们看不明白。

"这是什么?"帕瓦问,"一匹马?"

"不,"有人说,"是树。"

帕瓦打开封面,看着封二页。"它余下的部分怎么看不见了?"

哈尔又让他们看了罗杰的一张照片。

"哈,"帕瓦道,"这个我知道,是袋鼠。"

"不,"一位上了年纪的人说,"是野猪。"

其他的人认为可能是鲨鱼、梭子鱼或章鱼。

他们将照片翻过来,随后露出疑惑之色,他们不明白这动物身体的后部怎么没有突出来。

哈尔告诉他们那是罗杰的照片。

帕瓦摇着头,坚持说:"是袋鼠。"为了证实自己的说法,他手指着遮住罗杰腿部的灌木丛,看上去罗杰就像栖身于树上,而且新几内亚的袋鼠类确实攀爬树木。还有什么能更好地证实这一点吗?

罗杰觉得很好笑,也略有些恼怒:"好吧,我还是当只袋鼠吧,我可不想当野猪。"

"我们把你运回家,爸爸可以把你卖给动物园喽!"哈尔说,"爬树的袋鼠能卖大价钱呢。"

围观的人们欣赏着哈尔的手表,只要是发光的饰物他们就喜欢。可是当他们听说手表是显示时间的,却露出鄙夷之色,唉,这些白人简直是傻透了。

帕瓦解释说,他们不需要什么机器来告诉他们时间。

"太阳在河对面时,就是上午;太阳到了河这边,就是下午了;等太阳跑到山背后,那就是晚上了。"

这些人总是没完没了地用手指戳两个孩子的衣服,他们搞不懂树皮怎么能变得这么软,须知他们自己是以树皮与草为衣的。

14　一万年前的你

有两人同时向哈尔要他腿上穿着的东西。哈尔从船上取来一条裤子送给他们。两人争抢起来,很可能会发生血斗。这时,有一人想出了解决办法,他从中间将裤子撕开,于是两人各穿着一条独腿裤在村子里神气活现地走来走去。

有个小男孩赤身裸体,像初生的婴儿一样一丝不挂,他想要顶帽子,哈尔满足了他的要求,这小家伙戴着帽子赤裸着身体骄傲地四处行走。

有一天,帕瓦到船上来玩,一眼看到了年轻的自然学家们采集标本用的手推车,特得船长这一天十分大方,从储藏室里取出食物装了满满一推车,并用小船送到岸上。推车刚一放到地上,帕瓦就用他那强壮的背部背起推车向村里走去。

"不对,不对,"哈尔喊道,"不是那样背着。"

他让帕瓦将车放到地上,随后端起扶手向前推去。整个村子都被惊动了,村民们纷纷过来看着这个不停滚动的东西,赞叹不已。

"这个大碗——它会走!"

这是奇迹。每个人都要试推一下,对于他们来说,刚刚才开始了解人类最伟大的发明之一——轮子。两个男孩子也从中意识到这一奇迹,这个不断滚动前进的东西是如何造福于我们的,没有它就不会有马车、货车、汽车以及飞机的起落架,也不会有制造产品的机器,正是这些东西才使我们的生活变得舒适。

村内的房屋只有窗户而无玻璃——所谓的窗户无非是蚊虫及雨水可自行穿入的窟窿。帕瓦在参观"飞云号"时,曾试图把头探出窗外,结果被硬硬地碰了一下。他缩回头,紧盯着窗户,可是什么也没发现。

"怎么啦?"罗杰问。

"我想看看外面,有人撞了我一下,我想是白人的神灵吧。"

罗杰力图用土语解释:"没有人碰你,你的头撞在……"他卡住了,不知道土语"玻璃"一词如何说,"'玻璃'叫什么?"他问哈尔。

"没有这个说法——土语中没这个词,对于他们一无所知的东西,怎么会有词呢?"

罗杰抓住帕瓦的手指敲打玻璃,"是一种石头。"他说。

帕瓦摇着头,说:"不是石头,有石头挡着是什么也看不到的。我想是鬼。"

其他参观的人也碰上了同样的问题,可以见到不少被窗户撞伤了的头。

罗杰启开一桶白油漆,在每一块玻璃上画一道白线。人们看到线后就能意识到实物的存在,于是没有再发生"窗鬼"攻击人的事件。

"有的时候,我觉得他们挺傻的。"罗杰说。

"和你一万年前一样。"哈尔说。

这些人认为,一切坏事都是鬼造的孽。比如,和煦的微风是善神所赐,但是将房屋和树木席卷而去的台风却是恶鬼。雷击、闪电也是鬼。河中也处处是水鬼,只要你不会游泳,水鬼会随时溺死你。树林里则死鬼遍布——因为即使是好人,在他死后也会变成鬼,由于亲人不再赡养他,亲朋好友已经忘却了他,于是他就会对这些忽略行为给予惩罚。

14 一万年前的你

村里人还说，所有的石头也充满了鬼，大石中含大鬼。如果某块石头显出人状，那就万万不能碰。当罗杰正为此而感到内疚时，有两位长者抓住他，口中前言不搭后语地哼着什么，为罗杰驱鬼。有一位往自己嘴里填满了红槟榔、辣椒、石灰，嚼成一团，然后喷到罗杰的脸上。

"谢谢。"罗杰道。他知道这些土著是力图好好待他。

当罗杰修剪完指甲，把剪掉的指甲扔到地下时，帕瓦小心翼翼地拾起来，并交给罗杰。

"唉，他干吗这样做？"

特得船长解答了他的问题："他们以为，如果把自己的一些东西乱丢，如指甲、破衣片、头发、自己吃过啃过的猪骨头、鸡骨头，那么鬼就会利用你的这点儿踪迹发出恶咒。你注意到没有，这些人怎么嚼槟榔果、喷吐汁？他们往外喷的时候十分小心，散开的滴液极微小，这样就没有人能够再收集起来，也就无法发咒了。"

土著们对萤火虫尤为惧怕，萤火虫被视为死人的幽灵，它们一一打着灯笼，寻找各自的亲戚以便惩罚他们。

他们也同样地惧怕动物。他们认为人死后，体中之鬼就变成了虎鲨、科莫多巨蜥、龙蝎或一只大黑蝙蝠。他们并不是怕这些动物的牙齿或爪子，而是怕他们祖父或叔叔、婆婆死后所变成的这些动物的幽灵。

有几个村民缺手指头。帕瓦解释了其中的缘由。原来他们把自己的手指和死去的亲人一起掩埋了。

当地人如此众多的惧怕令两个男孩子伤感，他们以前从未意识到，与一万年前相比，生活在当今的时代是多么幸运。虽然，现今世界还存在着许多错误之处——但是其优越之处却远远超过石器时代。

哈尔与罗杰并不惧怕当地人认为存在的数以千计的鬼神——石鬼、树上之鬼、水鬼、雷鬼、风鬼、令人寒冷的鬼、使人生病的鬼、已故先辈变成的鬼。他俩在四处活动时并不因惧怕这些鬼而胆战心惊。

唯一让他们考虑的鬼是卡格斯，他在下大狱前曾向他们发誓说："等我出去就找你们算账。"

"不过我们用不着为卡格斯而忧心忡忡，"哈尔说，"他离我们远得很，牢牢地锁在狱中，永远也出不来了。"

科莫多巨蜥

这些食人的土著虽然见识少，却并不愚笨；虽然不识字，却能将某个消息传至百里之外。在这方圆百里的范围内，所有的村民都已获悉艾兰顿河上游的村里来了3个白人。

消息是这样传递的，用一根重棍捶击空心的木墩，声音可以传送到几里外的邻村，如此击鼓发声，相继传递。

捶击是按某种缩语码的形式，两声连击代表一个意思，两声慢击表示另一个意思，三击又表示其他的意思，如此可达27下，也是他们计数的最高值了。虽然各村所讲语言不同，但是击鼓的语言是相同的，所以这消息也就不胫而走，传到一个又一个山谷。

当地人最接近读写的方式即是在身体上进行文身。妇女皮肤上刺的某些条纹表示已婚，一些曲线花纹表示是某个首领的女儿，双目下刺的花纹或者从下颚至胸间所刺花纹说明其父勇敢杀敌。每个村庄有各自的语言标志，有心者一眼就可看清楚某个人寄居的村落。

当然这种书写是令人痛苦的，用一根尖尖的西谷①刺在皮肤上画出图案，被划开的口子上又撒上炭灰，伤口感染是时常发生

---

① 西谷：一种植物。——译者注

的，往往引起发病乃至死亡。

"真是不可思议，他们居然在几乎一无所有的情况下生活，"哈尔说，"他们不需要桌椅床铺，不需要毯子、衣服、鞋袜，也不需要餐碟；他们对丛林了如指掌，哪种根、叶、果能吃，哪种有毒；他们设置陷阱捕捉动物；他们下河捕捉活鱼；他们磨石而取火；他们揉搓睡莲叶从叶中取水而饮；他们行走敏捷、攀爬灵巧，比我们可强得多；他们用藤条就能编成渔网；仅用石刀就能造出造型美观的独木舟。"

"再看看他们是如何保持个人清洁的，"特得船长说，"就是因为不穿衣，才能保持干净。新几内亚有些地方，人们穿布衣服，结果衣服变得脏乎乎的，人也一样脏，因为他们不习惯洗衣服。可是，这儿地方的人以干草、树叶做衣，可以每天更换。棉、毛料的衣物很贵重，不能轻易扔丢，所以人们就常年穿戴，直至衣物满是污垢、变成碎片。不过，草可就便宜多了，每天你都可以穿一身新装。"

有一个村民一路跑过来，手中拿着敌人的人头。这个被杀的人是因在附近的丛林中窥探而被发现的。全村的人围拢过来，观看那人头。

"啊，我知道他，"有人道，"他是多门部落的，他已经掳走我们许多人的头了，是个很厉害的家伙，聪明得很。"

"他什么意思？"哈尔问。

特得船长解释说："你们没有注意到吗？特姆贝兰里放的头骨，有些带着洞。碰上哪个人聪明、勇敢、力大无穷，那他的头就会落得如此结果。"

15 科莫多巨蜥

"这确实很不好,"哈尔也承认这一点,"可是你要回到石器时代,也会干这种事的。人们都想精明,这是很自然的,可是在无法上学读书的条件下,他们怎么才能变聪明呢?所以,吃了聪明人,你也会聪明,这种腐旧的迷信观念不仅在新几内亚有,在其他地方也依然存在。在加里曼丹岛①、苏门答腊岛②还有非洲的一些地方,人们认为吃下智慧的敌人就会使自己聪明。不过,也并不一定非是敌人不可,或许就是部落的首领,或许是你本人的父亲,你对他热爱、崇敬之至,希望他周身的优点全部融进你自身。"

"野蛮、残忍。"罗杰说。

"我们是这样看。然而,这些人并不真残酷,他们对我们多么好、多么善良,而且,他们相互之间很好。看看那位掳人头的——正坐在鼓上,双膝上各坐着一个孩子,真是个完美的慈父形象。探险家范得库克到过世界各地的原始部落,他发现与'文明'人相比,这些人的举止更和善、更慷慨。自从我们到这后,还没听到过有谁大吵大叫,人们从未争吵,他们与其他部落作战,却从不自相残杀。你可以半夜时在村里走动而没有危险,在纽约、芝加哥行吗?"

当他们带帕瓦及其他一些村民外出捕捉动物时,他们深深体验到土著的智慧。

帕瓦虽对外界一无所知——但他对自己所处的世界十分了

---

① 加里曼丹岛:旧称"婆罗洲",是世界第三大岛。——译者注
② 苏门答腊岛:印度尼西亚西部大岛。——译者注

解。他们在丛林中攀登、穿行，帕瓦用土语一一说出各种花和树的名称，然后就问英语的说法，哈尔也一一告之，帕瓦的记忆力简直惊人。

当哈尔告诉他相思树、桉树、柏树、棕榈树、兰花的英语说法之后，下一次再见到同类植物时，帕瓦就能用英语说出这些名字。

当然，有些字他说得不太好，特别是桉树，他就说成了"昂树"。

但是哈尔认为他说得很不错了，哈尔自己也有一些土语字说不清楚。

这位土著脑子很快，他能像哈尔学习艾兰顿河一带的方言一样迅速地掌握英语词汇，这不免令哈尔吃惊。

见到了哪些动物，他们也相互交换着名称，飞狐、6英寸多长的蚱蜢、能捕捉鸟的蜘蛛、能致人死命的蝎子、水蛭、周身闪耀珠光的蝴蝶、尖声鸣叫的白鹦，还有那五光十色的凤鸟。

但是他们此次出征是专为找寻更大个动物的，你看他们的装备应有尽有：袋子、绳子、网子、抗毒药——唯独没有带枪。

突然间，他们撞上了两只新几内亚森林中最可怕的动物，哈尔和罗杰真希望他们带了枪。

这两只动物一只是尖吻蝮，新几内亚150多种蛇中个体最大、毒性最强的蛇。

15 科莫多巨蜥

另一只是活龙①。大多数的自然学家认为龙②已不存在了,龙仅在6000万年前才存在,这是根据科莫多小岛上发现的化石判断出的,所以自然学家称之为科莫多龙或科莫多巨蜥。大多数专家认为这种动物已经在百万年前就灭绝了。

近年来,在新几内亚荒僻的峡谷里,人们曾见到一两只活标本,但是都未能捕捉成功。而今天,机会轮到亨特兄弟俩了。

即使他们随身带着枪支,也不会用的。动用枪支是件轻而易举之事,他俩要干一件艰难的事——必须活捉这两只庞然大物。

蛇、巨蜥正处于紧张的激战中,无暇顾及来访者。它们在进行一场殊死的拼杀。

那只黄褐色的大蛇,体长10英尺,缠绕在巨蜥身上,企图寻到一块松软之处,以便用其毒牙咬破并释放毒液。

然而周身覆盖鳞甲的巨蜥,表皮坚硬得像钢铁,看上去像只鳄鱼。黄色的舌头成叉状,与蛇的舌头相仿,一吐一缩,又大又尖的牙齿正企图钳住光滑滑的蛇身。

和鳄鱼一样,巨蜥也是肉食动物,眼下的这个敌手将会成为一顿有滋有味的美餐。

蛇不断地出击,巨蜥更加愤怒,它凶猛地嘶嘶作响,大口大口地吞气使自己的身体膨胀,想以此来恫吓对手,巨蜥的尾部摇摆着,巨大的爪子插进蛇的皮肤。

---

① 活龙:指科莫多巨蜥。——译者注
② 龙:指恐龙类爬行动物。——译者注

15 科莫多巨蜥

为了更好地作战,那巨蜥以后腿支立起身体,12英尺高的巨蜥宛如一尊塔,要想杀死只鹿或猪,那是易如反掌,以它那咄咄逼人之势,看来蛇命难保了。

"我们必须先下手,不能让它们杀死对方,"哈尔说,"我们分下工,4个人抓住蛇尾,4个人抓住巨蜥尾,把它们拽开。罗杰,你看看能不能把蛇引到袋子里,我去试试用网子扣住巨蜥。"

帕瓦重复了命令,人们并不急于执行,因为他们不仅惧怕这两只可怕的动物,更惧怕动物体内的鬼魂。

哈尔和罗杰率先抓住两条尾巴,向相反方向拖拽。

被吓得瑟瑟发抖的人们也动起手来。

虽说他们都是壮汉,然而两只动物就像胶粘似的紧紧贴在一起,难以分开。经过10分钟的奋力拼拽,他们也不得不松开手喘口气,休息片刻。

只有罗杰和哈尔不肯放手。罗杰情况还好,因为蛇的尾部并不危险;但是巨蜥的头部及尾部却异常危险,这野兽是鳄鱼的近亲,鳄鱼那尾巴一甩能把人击倒甚至把犀牛从岸上击到水中。

不过此刻巨蜥尾静静地铺放在地面上,一动不动,突然间,乘紧抓不放的哈尔不备,那尾巴恼怒地拼命一甩,将哈尔抛向空中,哈尔落在离地面8英尺的一根树杈上。

这一击非同小可,哈尔一口气也喘不上来了,盔甲覆盖的尾巴一抛接着往树上一落,摔得他周身是伤。好一会儿,他以为自己会晕过去的,但是他努力控制着自己,深深地呼吸,触摸身体各部位,检查有没有骨折。

哈尔很庆幸自己碰上的这只巨蜥仅12英尺长,已发现的巨蜥化石骨架说明这野兽的祖先有它两倍之长，如用后腿支撑着立起来，有24英尺高，相当于二层楼的高度。

然而，如果这只有一层楼高的家伙不是在忙于和蛇拼杀，它也会杀死哈尔的。

哈尔软弱无力地依靠在树杈上，合上双眼，让自己的头脑恢复清醒，神经松弛下来。罗杰奔跑过来。

"你怎么到那上边儿去的？"

"是巨蜥的主意，"哈尔答道，"不是我的。"

"伤着了吗？"

"就是给撞了一下，一会儿就好了。"

其他人发现了一棵野柿子树，于是吃着柿子休息一会儿。帕瓦总是很有心，他给哈尔送过来几个柿子，那嫩嫩的柿肉和甜甜的汁液使哈尔恢复了生气。随后他爬下树，两队人马又干了起来。

对于这些人来说，这是一场比以往都可怕的战斗，乌云已经遮住了太阳，树木又形成一片深黑的影子，那乌云中肯定布满了鬼魂。在阴暗中与两个巨兽搏斗这使人更加胆战心惊。

为了提高自己的士气，驱走鬼神，人们开始喊叫、唱歌，这些声音与蛇、巨蜥发出的嘘嘘声构成混声大合唱。对于经历过多次险情的孩子们来说，他们还从未听到过这种奇特的声音。

哈尔和罗杰仍然站在最前面，这样一旦两只动物被分开后向人们进攻，他俩是首当其冲的。

巨蜥发出恼怒的嘘嘘声，转向哈尔并伸出臂膀，将尖爪插进哈尔的背部。

15 科莫多巨蜥

它有两个哈尔那么高,于是它将哈尔举起到与它面对面的高度。

巨蜥的脸上露出狡黠的一笑,向哈尔伸吐着舌头。

"嘿,你能干这个,我也会。"哈尔边说边吐出自己的舌头。可是与1英尺来长的巨蜥的舌头相比,哈尔的舌头显得很小,逊色多了。

巨蜥与人互做鬼脸真是件趣事儿。然而,当那凶兽露出牙齿时,可不再是什么趣事儿了,那些尖尖的牙齿有两英尺长。哈尔这次没有效仿,他知道自己的牙齿无论从长度还是尖利程度上都无法与眼下的敌手相比。

不过,哈尔的牙齿还是较好和结实的,所以当那黄舌头再一次吐出时,哈尔抓住这机会用牙齿咬住那舌尖,紧咬不放。

这一袭击令巨蜥毫无准备,仓促间巨蜥松开哈尔,哈尔"砰"的一声掉在地上。巨蜥随后四肢着地,开始移动身躯,打算离去。哈尔抓住钢丝网,在帕瓦的帮助下将网甩落在企图逃脱的巨兽身上,并将网的一端拴到树上。

巨蜥发出一声响亮的嘘声,即使在1英里之外也可以听到。巨蜥拼命挣着,撞着,咬着钢丝,然而网是牢固的,树更是牢固的。

"我们抓住巨蜥了!"哈尔呼喊着。此时,不知什么东西从背后将他击倒。

16

神秘之箭

与此同时,罗杰也在与自己的敌手搏斗,这个重量与之相同的敌手擅长于扭、转、蜷缩,它亮出所有本事拼命躲闪,绝不肯被装进袋里。罗杰有一阵子抓住了蛇的脖子,蛇奋力挣扎,罗杰快要抓不住了,他呼叫着大家上来帮忙。

其他人迟迟不动,他们无意与蛇进行格斗。

有一位鼓足了勇气才抄起一把石斧走过来,准备将蛇头砍掉。

"不,"罗杰喊道,"不能杀死,要活的,装进袋子。"

这差事比这位帮手打算干的更棘手,这些白人简直是糊涂透了,将蛇头砍去,把蛇拖回村烤熟了一吃了之,这不是更容易吗?这东西又长又肥,它的肉足够全村人吃的了。这些白人为什么非要活的呢?

柏格前来相助了。柏格与罗杰年纪相当,他俩已是好朋友了,常在一起学习对方的语言。

柏格和其他人一样,很反感蛇,但他不能视朋友于危险之中而不顾。

于是罗杰抓住蛇脖子,柏格揪住蛇尾,力图将蛇投入袋中。蛇尾虽不如蛇头有力,却足以甩摆开抓它的人,并卷住柏格的双踝将其摔倒在地。

16 神秘之箭

柏格以前从未与蛇扭打过,这样粗鲁的待遇确实使他一惊,可是他一骨碌爬起来立刻又与蛇展开了战斗。这一次,摆来摆去的蛇尾又向他进攻,他趁势抓住蛇尾就势塞进袋中。

蛇尾掀起袋子在空中抽打着,袋子宛如一面旗子在空中飘摆,掀起阵阵尘土,尘雾迷漫使其余的人看不清搏斗的场面,然而他们还迟迟不来相助——如果这两人愿意当傻瓜,他们可管不着。

柏格又抓住蛇体更靠上的部位,蛇身也更粗更壮了。一寸又一寸,蛇被慢慢地塞进袋子,最后,精疲力竭、气喘吁吁的柏格与罗杰一起将蛇的脖子和头部也装入袋中,搏斗结束了。

但是蛇还不是黔驴技穷,只见它身体猛烈地一扭,头部挣脱出来。

蛇用头向罗杰撞击,但总是够不着目标。柏格见朋友快被咬着了,于是用自己的手在蛇嘴上一扇,可是蛇已将毒牙插入柏格的手中。

罗杰用力往后拽蛇。多数蛇是击人后松口,而盾尖吻蛇却不然,它紧咬不放,将越来越多的毒液注入柏格的肌肉里。

拿斧头的人上来了,罗杰也想让他动手结束这恶鬼之命,不过他再次用力拉拽并且成功了。蛇头离开了那伤口,毒牙上依然往外渗着毒液。罗杰将蛇头嘴朝下猛地压进袋里,紧紧地拴牢。

袋子开始跑动起来,一大坨东西贴着地向人们这边滚来,人们尖叫着向四下散去。但是袋内黑洞洞的,而黑暗是最能让蛇迅速安静下来的,不一会儿那袋子像死尸一般待在地上一动不动了。

然而那蛇并没有死,新几内亚最危险的蛇被生擒了。

罗杰焦灼不安地看着柏格手上的毒牙印。

"没什么,"柏格说,"看,你哥哥。"

哈尔面部向下趴倒在地,显然已经失去知觉,他的背部立着一根3英尺高的东西,那上端的羽毛随风飘动。一支箭!箭头深深地射入哈尔的背部。

帕瓦正往外拔箭。由于箭头上装有倒刺,往外拔时会拉撕皮肉,但是此刻趁哈尔昏迷时拔出要比待他苏醒时再拔好得多,这样可以使他感觉不到疼痛。

箭头拔出了,随后涌出一汪鲜血。必须立刻止血,帕瓦望着罗杰求援。罗杰在哈尔的卫生箱里找绷带,没有。到哪儿去找些布呢?他没穿上衣,其他的人仅穿戴着草。草是无济于事的。

这时有人从后面站出来,准备献出自己最珍贵的财产——哈尔所送的一条裤腿。那裤腿曾是他的骄傲,给他带来欢快,可是此时此刻他脱下裤子交给罗杰,罗杰则用它迅速地、紧紧地裹住哈尔的伤口,并用一根小绳系紧。

哈尔在昏昏沉沉中苏醒过来。罗杰想起了柏格,只有哈尔知道如何处理蛇伤。

罗杰捅着哥哥,喊道:"醒醒,睡虫快醒醒!别睡了。蛇把柏格咬伤了。"

"别打搅他,"柏格说,"我感觉挺好的。"

但是他看上去情况并不好。他那健康的古铜似的脸色已变成了惨淡的灰色。他讲话的声音沉闷,像喝醉酒似的摇摇晃晃着。

罗杰无情地摇晃着哈尔,真不该这样地对待受伤的哥哥,可

16 神秘之箭

是如不立即处理柏格的蛇伤,柏格就会死的。罗杰已听到过不少关于盾尖吻蛇的事情,它的毒液凶猛之程度是虎蛇的 4 倍,虎蛇是新几内亚第二种最危险的爬行动物。

哈尔缓慢地醒过来,梦呓般地咕哝着:"什么……什么……说什么?咬伤。谁被咬伤了?"

"柏格。快点。起来,赶紧干。应该用什么抗毒药?"

"药上面的标志是 A。先拿注射器。你用止血带了吗?"

"用了,我在他胳膊上系了根绳子。"

"每隔几分钟就松一下——然后再系紧。灌满注射器。"

他用力支撑起身体,头晕乎乎的,差一点又倒下去。他接过注射器,把药注进柏格胳膊所系止血带的上方。

柏格感到一阵乏力和昏沉。他觉得恶心想吐。哈尔注意到柏格的眼睑下垂,瞳孔胀得很大,视物越来越困难。

"毒液侵蚀了神经系统,"哈尔说,"而且将血液凝固了。躺下,柏格,静静地别动——我们一会儿送你回家。"

柏格躺下,"我还行。"他坚持说道,但是他讲话时仿佛舌头有 1 英寸厚。

过了一会儿,他努力站起身,可是像棵强风吹得摇摇欲摔的小树,要不是罗杰扶着他就会倒下。

"我们怎么能把他带回去?"罗杰征询道。

"我来背他。"帕瓦说。

可是还有巨蜥怎么带回去呢?怎么运回村再装上船?

哈尔估计用 4 条绳子就可以了。他招呼扛绳子的人过来,用自己的猎刀将绳子割成 4 段,每一根有 20 多英尺长。

眼下，危险的工作是拴住这只恼羞成怒的野兽，同时要躲开它的威胁人的两端——牙齿和尾巴。

哈尔将一根绳子头穿过网边，然后拴住巨蜥的肩膀，那巨兽企图咬住哈尔的手，但是由于网子的关系，它的头不能随意摆动，所以未能得逞。

该拴另一只肩膀了，此刻哈尔背部的疼痛剧烈，他觉得仿佛坚持不住了，但他极力控制着不使自己昏过去。

现在，最危险的工作开始了——用两根绳子拴住尾根部，同时要避开那杀人的武器。

一切就绪之后，哈尔指挥每两个人控制一根绳子，8个人应足够驾驭一只巨兽了。

他挪开沉重的网子，折叠起来，正不知让谁来扛，8个人都要忙于去招架巨蜥，帕瓦要背柏格，哈尔和罗杰要一起背那只占了满满一袋子的沉甸甸的蛇。

人们都各有任务，没人去背网子了。

"我有个办法，"罗杰道，"让巨蜥来干。"

这主意令巨蜥不悦，它从未背过任何人或物。"不过你可以学呀。"罗杰说。那野兽正四足压地，这是它最经常的姿势，当小伙子们把网放到它背上并系住，它嘘着气叫着，并扭动着身躯。"好了，别折腾了，龙龙，过一会儿你就习惯了。"

他们踏上了归程。4根绳子拴住巨兽控制着它的路线，那巨蜥始终不肯认输，总是企图挣脱，有时拖着身后的人们跑上一大段路。

帕瓦背着柏格，大汗淋漓，柏格几乎与帕瓦一样重。龙背上

16 神秘之箭

除了放着网子外,还有一大块空着,帕瓦把背上的孩子轻轻放下,而后又举到巨蜥背上放稳,力大无比的巨蜥似乎并没有注意到增加的重量。柏格已无力去享受巨蜥背上的旅行,帕瓦必须紧随一旁托住柏格,不过这总比背着轻松多了。

这支奇怪的队伍走进了村庄,村民们聚拢过来,惊奇地望着巨兽。

柏格的父母想立刻带他回家,但是哈尔说道:"让我在船上照料他一段,等他好了,我就送他回家。"

特得船长乘小艇来到岸边,惊愕地看着巨蜥,"你们不会让我用船运它吧!这家伙有几吨重,怎么才能搬到船上?它会把起重机压坏的。"

有8个人抓住绳子,牵着巨蜥,游向船边。好在那巨兽并不在乎水——实际上,这种巨蜥的水性还不错呢。

河中的鳄鱼也前来观看,似乎已认出了这位近亲,所以没有任何举动要来袭击正在游水的巨蜥。

特得船长用小艇把蛇运到船边,用起重机提上船,放进笼子里。特得曾担心巨蜥会压坏起重机,不过这并未发生。然而,在他把巨蜥吊到船上之后,他却六神无主了,不知如何是好。

"把它和鳄鱼放到一块儿,"哈尔说,"它们势均力敌、秉性相似,不会相扰的。"

于是,巨蜥被放进大鳄鱼的处所。它俩不但没有相互攻击,而且即刻就成了好友。

柏格被放在一张舒适的床上,哈尔像个医生,使出全部的技能挽救这孩子的生命,为他调理饮食,进行医务护理,促使他重新站立起来。

用来为哈尔止血的那条裤腿已经从背部解下,对伤口进行了消毒后又用绷带包扎起来。

当柏格有力气讲话时,他首先担忧的不是自己而是哈尔:"你怎么样?"

"腿部还有些发软。但还不是很糟糕。"

"糟糕,嗯。射你的人想的更糟,他想杀死你。"

"我简直想象不出谁会干这种事,"哈尔说,"是我们的人吗?"

"咱们村的人绝不会对你下毒手的。"

"嗯,那么——会不会是其他村的人。还记得那个掳来的人头,也许是同一部落的什么人,可能是他的兄弟,来报仇的。"

"不会的,"罗杰说,"那为什么要杀你呢?又不是你砍下那个头。不会的,肯定是什么与你有过节的人。"

"那又会是谁呢?我做过什么欺负人的事吗?"

"你惹怒过那位巫医,你还使全村的人反感他,所以他才不得已离开此地到山那边去。"

"你们俩都错了,"柏格说,"我看见过什么东西。"

"看见什么啦?"

"当时周围很暗,但是我觉得我看见一个带弓的人,而且他不像巫医,我觉得他穿着衣服,像你们这样。可是当时太暗了,我不能肯定。"

哈尔笑了:"特得船长穿衣服,但是我敢肯定他不会干那种事。这附近再没有别人这样穿戴了,我想你搞错了,也难怪,蛇

16 神秘之箭

毒太厉害了,让你脑子里全是怪想法。好了,现在躺下休息。"

"趁你还没睡着,"罗杰说,"我要向你表示感谢。"

"谢什么?"

"谢你救了我的命,你真了不起,当蛇要咬我的时候制止了它。"

"别总挂在嘴边上。"柏格说。他翻过身去合上了双眼。

兄弟俩坐在甲板上,回忆他们这场经历。

"嗯,"哈尔说,"我觉得这些被白人称为野蛮者的人真好,没有比他们对陌生人更好的了。今天他们被蛇鬼、龙鬼吓得直哆嗦,仍然来帮我们!那个拿斧子的人,尽管他知道蛇鬼会杀死他,可是为了救你和柏格却情愿将蛇头砍下。我背上挨了神秘的一箭,帕瓦过来照顾我;那个拥有半条裤子并引以为傲的人,有生以来只有这么一片布,却给了我;还有,柏格为别人着想能为他人而死。确实,他们掳杀人头,不过他们每杀一个人,我们在战争中就杀死一万。我向这些掳人头者致敬。"

当晚,哈尔上床后,他的脑海里又出现那黑暗中飞来的神秘的杀人之箭。

弓后之人是谁?当然不是友善的村民,也不会是那流亡在外的巫医或失颅勇士的亲属。

不论是谁,下次他就有可能成功。

哈尔思考着采取什么措施来保护罗杰和自己,但是伤口的疼痛及身体的疲倦阻止了他的思索,他进入了纷乱的睡眠状态。

17

蝙蝠早餐

第二天清晨,帕瓦早早就来了,还带来了好吃的,至少他认为是好吃的。通常都是哈尔为特得、罗杰还有他自己准备早餐,帕瓦知道这次哈尔的状况可能不允许他做早餐了,所以他叫自己的妻子专门准备了食品,此刻他正用香蕉叶托住美味食品向船游来。

哈尔由于箭伤的痛苦,不得已躺着不动。柏格在抗毒药的帮助下,已基本上从毒蛇的咬伤中恢复过来,他饿了,看到帕瓦带来的食品,他的眼睛闪着喜悦之光。

罗杰也饿了,可当他看到早餐时却大伤胃口。

帕瓦高高兴兴送来的这顿饭是一只很大的烤蝙蝠,点缀着几只炸甲壳虫。特得船长看后呼喊道:"我的天呀。"

幸好帕瓦听不懂这些话,以为船长很高兴。

"我不吃早饭了。"罗杰说。

"不行,"哈尔道,"那会伤害帕瓦的感情的,他是诚心诚意为我们送饭来的。蝙蝠又怎么了?我们在印度吃过蚂蚱,在非洲吃过蟒,在日本吃过生鱼,在美国吃过活牡蛎,就不能吃蝙蝠吗?"

这可不是一只普通的蝙蝠,两只翅膀间至少有 5 英尺长,即使是最健壮的心脏,也会被它那张狰狞的脸所震悚,对于打算画

17 蝙蝠早餐

魔鬼的艺术家,没有比这张脸更好的模特了。

"有生以来从未见过这么丑的脸,"罗杰说,"再看看那大身子!不可能是真蝙蝠,蝙蝠都不大,它更像一只被车压扁了脸的狐狸。"

哈尔笑道:"你说对了一半,一半说错了。错在你认为它不是真蝙蝠,它确是真的。对在你认为它像只狐狸。实际上它有个名字叫'飞狐'。"

"可是狐狸并不会飞啊。"

"这一只会,奇怪的是它不用翅膀而是用手飞。"

"但是这明摆着是翅膀嘛。"

"并不真是翅膀,"哈尔说,"实际上是手,你能看见手指啊。手指间的蹼使它能用手像翅膀似的飞翔。它的学名叫'手翼',意思是手为翅膀,它不属鸟类,是哺乳动物,同你一样。"

"可别像我,谢谢你。"

"从内部讲是基本一样的。许多年前,蝙蝠只会行走,从不飞。但是随着时间的流逝,百万年过去了,它们发现拍打自己带蹼的手,就能使身体离开地面,与地面相比,它们一定是更喜欢空中,于是它们飞得越来越长,从而取代了行走。现在它们已经习惯了在空中生活,而再行走起来却像醉汉一样蹒跚。好了,笑起来吧,向帕瓦笑,向蝙蝠笑,吃下蝙蝠。"

满心欢喜的柏格和心情复杂的其他人,吞下了这奇怪的早餐。

那肉黑似木炭,并且藏在骨头间,除了用叉子还要用手才能把肉挑出来。不过,当那黑色的肉被摘出来放进口中后,站在一旁观看的帕瓦看到大家皆很满意,那肉确实又嫩又软,像兔肉,比鸡肉要嫩。

"哎,还真不错。"罗杰说。

"不必吃惊,"哈尔说,"蝙蝠肉应该很好吃,因为这种蝙蝠仅以水果为食,所以它还有第三个名字——'果蝠'。爸爸也让我们带活蝙蝠回去。也许帕瓦可以告诉你在什么地方找到蝙蝠。"

帕瓦听懂了,"我带你去,"他说,"很远,大洞。我们在那儿睡,明天回来。"

18 洞中之夜

大家整整走了一天才到达那大洞,已经是傍晚了。帕瓦和罗杰觉得,一路上好像有人尾随着他俩。不过也许仅是树叶发出的沙沙声和树枝在风中发出的吱吱声。

他们穿过大树丛间深深的沟壑,止住脚步,面前是一个位于悬崖下的大洞。

突然间从那漆黑的洞口,出现了一个同样黑的东西,紧贴着他们的头部飞过,像麻雀似的慢慢拍打着两翼。

它就是他们用早餐时交的朋友,飞狐。的确,它的脸似狐狸,捏扁了的鼻子,小尖耳朵,大眼睛。

上面发出沙沙声,他俩举目仰望。在大树的枝杈上,头朝下攀挂着数以万计的这些古怪的动物。罗杰一声高喊,它们蜂拥而飞,展开的翅膀遮住了天空。

罗杰以特殊的兴趣注意到蝙蝠的一些习性,有一只飞翔的蝙蝠在落到树枝上之前显示了如何使用"制动器"进行降落。宽大的尾巴向前紧收,置于体下,就像飞机着陆前的阻力板。

有一只蝙蝠落在地上,行走着——但是走得很糟,当它又飞翔在空中时,所表演的技艺是鸟类或昆虫类都望尘莫及的。

它可以轻松自如地翻跟头,头朝下飞翔,在树枝的下侧落下,拇指钩在枝上,而后,仍然头朝下而入睡。

18 洞中之夜

一旦落在地上,它就不易起飞了。在这方面它有些像空中的另一巨鸟——秃鹰,需要一段长长的跑道方可起飞。体重较沉的果蝠则喜欢爬上树,从树枝上起飞。

有些空中的飞狐还带着自己的孩子,小蝙蝠既没被背着也没有被衔在嘴里,而是悬垂于大蝙蝠的体下,它们用自己钩状的拇指、脚趾及尖尖的嘴将身体挂在母亲的胸部。

有一只小蝙蝠掉下来,罗杰将它拾起。它在罗杰手中战栗,并不是由于惧怕,而是由于它极为敏感的双翼接触到罗杰的手掌,感觉如同粗糙的砂纸或锉刀。

罗杰手中的这个小东西是动物世界的一件奇物,其他任何动物都没有如此灵敏的触感。蝙蝠甚至能感受到它未触及的东西,它翅膀及全身上下几千个感官就像千万只精细调协的眼睛与耳朵,借助某种雷达,这动物能够准确判断出它与障碍间的距离,即使在一片漆黑之中,它也会避开障碍物。

罗杰在以后了解到,通过对蝙蝠的试验说明,将蝙蝠眼睛封住后,它们仍可在黑暗的室内轻松自如地行动,避开墙壁、椅子和其他阻碍物,即使在从天花板吊下的迷宫般的绳网中,它们也能穿梭般地通行无阻。

飞行中的蝙蝠似乎并不发出声响,实际上它们不断地发出细小的尖叫,音频很高,人耳是听不到的。这些声音信号在其可能飞行的路线上碰物后发出回声,于是蝙蝠立刻就得知路线是否可以通行。蝙蝠甚至可以测出物体间的距离,并判断出自己能否穿过,对于飞狐来说,这一能力是十分重要的,因为在飞行中,它需要足够的空间来容纳其宽大的翅膀。

一老一少站立不动，蝙蝠也都头向下舒适地栖息于树枝上。

罗杰将小蝙蝠放到地上，迈步走开。母蝙蝠飞扑下来接救小蝙蝠，并带着它高高地飞走，落在一个栖身之处，母亲用它的手翼围抱着小蝙蝠，温暖着、抚慰着那颤抖的小身体。

两位探险者吃了一些食物，开始找地方过夜。

"最好进洞里，"帕瓦说，"要下雨。"

他们在黑森森的洞里摸索着前进，最后找到一块平坦的地段，他们席地而卧，很快进入梦乡。

罗杰猛地惊醒，什么东西咬了他的胳膊，似乎是被香烟头烫了一下，灼痛有些特别，他过去也曾有过这么一次。

他的思路回到亚马孙丛林，在那儿他曾被吸血蝠咬过。也许这个洞里的蝙蝠不全是以果为食的。

食果蝙蝠是不伤人的，但是吸血蝠却可致命。亚马孙印第安人认为吸血蝠是鬼蝠，它们专在夜里从墓穴中飞出去嗜食人血。

吸血蝠的唯一食物是血，它们的两颗稍有弯曲的门牙利如尖针。当门牙咬住动物或人后，血随着涌出，它们用舌将血舔吸干净，就像小猫舔奶一样。

被吸血蝠咬伤的动物很容易致死，咬伤是很小的，关键在于血一涌流出来就不再容易止住。

科学家认为吸血蝙蝠的唾液中有某些成分阻止了血液的凝固和伤口的愈合。

在亚马孙峡谷的牧场上，许多牲畜就是由于被吸血蝠咬伤后血流不止而丧生的。人也由于同样的原因而死亡。

罗杰用手摸着胳膊，湿乎乎的——可能是流血所致。那血将

18 洞中之夜

不断地涌出,最后他会像只落网的耗子死在这可怕的洞中。

要不要叫醒帕瓦?帕瓦能有什么办法?没用。

但是无论如何最好还是叫醒帕瓦,他或许也被咬伤而还不知道呢。

"等他早上醒来发现自己死了。"罗杰嘟嚷着。他情绪上已经过于激动,思绪有些不清,假如帕瓦死了,罗杰就再也找不出回去的路,而且帕瓦是不可多得的好友,绝不能失去。

他将手放在帕瓦臂上,他最惧怕的事发生了,帕瓦的胳膊湿漉漉的。

他随手捅着熟睡的村长:"帕瓦,醒醒!"

帕瓦一动不动,也许他已经晕过去了。一片静寂,只听见帕瓦沉重的呼吸声,洞外传来雨滴啪嗒啪嗒的声响,夜风偶尔将雨水吹打进洞。

罗杰将手指放在帕瓦的腕部,脉搏还在跳动。感谢上帝,他还活着。

罗杰摇晃着帕瓦,帕瓦总算醒了,他睡眼蒙眬地问道:"干什么?"

"你快死了,"罗杰道,"你的胳膊,被咬了,流的全都是血,不觉得疼吗?"

"没觉得疼,"帕瓦不耐烦地说,"快睡吧。"

"你没挨咬,这太好了,"罗杰说,"我可挨咬了,火烧火燎似的疼,肯定是吸血蝠干的。"

"吸——血——蝠,那是什么?"

"小蝙蝠,能杀死人。咬小口,血流不止,直到你死去。"

"这岛上没这种东西。"帕瓦对他保证。

"可是肯定有,我胳膊上全是血。"

帕瓦伸出手摸着罗杰的胳膊:"这是水,雨被刮进来了。睡吧。"

早晨罗杰才知道被什么咬了。他们躺在一窝火蚁旁,火蚁是蚂蚁世界的巨种,有两英寸多长。它们靠咬为生,尖尖的嘴就是为此而长。

他俩草草吃了早饭,走出山洞,雨已停。与人无争的蝙蝠依旧头朝下栖息于树间。

然而帕瓦并没有往树上看,他正审视着脚下的地面:"有人夜里来过。"

罗杰看着地上的脚印,很不清晰。"可能是村里的什么人?"罗杰提出来。

"不会,村里人都光脚,这是鞋印。"

"噢,"罗杰道,"那还不简单嘛,我穿鞋,我昨晚踩的。"

帕瓦摇摇头,指着一个相当清楚的脚印:"你把脚放过来。"

罗杰将脚放在脚印上。

"你看!"帕瓦说,"孩子,这是大人脚印——大个子的人。我想是白人。也许就是射你哥哥的人。"

"为什么要到处跟踪我们呢?不过,他无意进行伤害——否则他就会进洞里趁我熟睡时杀了我。"

"趁你熟睡?你什么时候睡得最熟?"

"嗯,"罗杰承认道,"挨咬后,我确实一夜翻来覆去没踏实过。"

18 洞中之夜

"这个人,"帕瓦说,"在雨里等你静下来,你就没安静过。他又冷又湿就走了,他想杀你。我想他还会来的。"

但是晴朗的天气和明媚的阳光驱散了夜间的恐惧。罗杰很是羞愧,仅仅被蚂蚁小小地啄了一下,他却认为自己快死了。在光天化日之下,他可再不允许自己怯懦。

"你是大白天说梦话吧。"他说。

帕瓦搞不懂,说道:"我并没做梦啊。"

罗杰解释说:"这只是一种说法。好了,忘了这个大脚的白人吧,我们还得抓蝙蝠呢。"

"好吧,"帕瓦说,"当晚餐?"

"不,不是为了吃蝙蝠,要活捉。"

显然,帕瓦不明白又不是为了食用还捉什么蝙蝠。不过也无妨,这些人的许多事儿他都搞不懂。

19

死里逃生

罗杰随身带来一只袋子，可是如何将蝙蝠放入袋中呢？那么多蝙蝠都栖息在比他头还高5英尺的树枝上。

它们不会为博得罗杰的欢心而下树走进口袋的，这种可能性是渺茫的。那么，好吧，只有罗杰自己去上树了。

罗杰选了一棵不太难爬的树，并将口袋塞在腰带下，腾出双手攀爬。帕瓦将罗杰举到离地面最近的树杈上，罗杰接着小心翼翼、轻手轻脚地向前爬着，一枝树杈接一枝树杈，终于接近了蝙蝠。

谁知，一根小树枝被折断了，瞬间，所有的蝙蝠都弃树而飞。

攀爬了一阵，罗杰一无所获，只是双膝双手上增加了不少伤痕。

他一动不动地静候着，满以为蝙蝠还会再飞回来。然而飞狐确如狐狸一样狡猾，不会上当的。它们降落在安全距离以外的其他树上。

罗杰溜下树，思索了一会儿。他想起了前一天掉在地上的小蝙蝠，它的妈妈不得不下来将它衔走。当时真应该将它们擒住。怎么才能让它们再重新表演一番呢？

他像只豹子似的轻捷地爬到一棵歇满蝙蝠的树下，拾起一块

19 死里逃生

石头,用尽周身力气向树上扔去。蝙蝠飞跑了,密密麻麻,像一块乌云。一只受惊的小蝙蝠,由于没有紧紧地钩住母亲的身体而落地。

紧挨小蝙蝠身旁是一片灌木林,罗杰钻了进去,严严地掩护起来。可是很不幸,他发现那是一片带刺的灌木丛,一根根像针一样尖的刺足有3英寸长,扎着他的衣服、脸和手。但是他耐心地忍受着针扎似的疼痛。

长长的等待,无数次的针扎,终于那母亲飞来了,俯身于小蝙蝠身上,小家伙迅速地抓住母亲毛茸茸的胸部。

此刻,罗杰从刺丛中冲出,张开口袋将蝙蝠母子扣住。

罗杰扎住口袋,里面先是一阵骚动,但是很快就停止了,因为大蝙蝠认为这种黑暗中的退却是安全的。

他们按原路返回,标记虽不很清晰,但是帕瓦记得清楚。

罗杰发现这只世界上最大最沉的蝙蝠加上它的幼子真够重的,但是他坚持自己一个人背。

罗杰和帕瓦都警惕地防备着那个大脚男人。又走了两个小时,不见那人的踪迹,他俩松懈了。

就在这时,事情发生了。帕瓦正在前面识别着标记来引路,罗杰从眼角中瞥到什么东西正从树上落下,向他的同伴砸去。

罗杰猛地向前一推帕瓦,一个足以令人致命的大树桩落在他俩之间。

罗杰为了使帕瓦摆脱危险,不得已向前跨了一步,被落下的树桩蹭了一下头部,左脚被桩头击中。

罗杰和帕瓦盯着那树桩,眼前发生的一切简直令人难以

19 死里逃生

置信。

"一定是昨夜大风刮断的树枝。"罗杰猜测道。

帕瓦此时正仔仔细细地审视着地面。他指着一处被踩平了的杂草。

"大脚。"他说。

"是什么动物吧?"罗杰应道。

"不,不是动物。是人。"

帕瓦怎么知道的呢?罗杰还是不太相信会有什么人到过这儿,也许是夜里的风将树枝吹断,正巧当他们从下面经过时落了下来。

帕瓦走到树桩的一头,"看,"他说。然后他走到另一头,重复道:"看。"

一看,罗杰也明白了,这不是什么断枝,树枝的两头都有斧砍的痕迹。

头上的树是一棵极大的面包果树,水平状的树枝向四外伸长,每一根枝杈大得就像一棵树。在一根大枝的根部留着斧子的砍痕。

罗杰不得不承认,这是人为的。当然,这会儿,树上不会有什么人了。那么,这木头又怎么能在他们经过的一瞬间落下呢?

帕瓦解开了这个谜团。他指着路面上横着的长藤,藤的一头延伸到树上,藤条就起了扳机的作用;当帕瓦的脚触到藤条时,产生了拉力,使树桩落下。

罗杰有些毛骨悚然,用目光四下搜索着,然而他所看到的是洒满阳光的树叶,一对正在窃窃私语的鸽子和一只睡眼惺忪的凤鸟。周围是一派美丽、安宁的景色，有人竟在这秀丽的林中蓄意制造一起谋杀，真是令人难以置信。

俩人重新上了路。罗杰的脚跛得厉害，可是他全神贯注地考虑着那个大脚的家伙，忘记了自己的脚痛。他那装着蝙蝠的袋子开始摇晃起来，背上的袋子愈加沉重。

帕瓦止住步，一定要接过罗杰的重负，否则就不再往前走。这位好心肠的土著将袋子一甩搭在肩上，腾出另一只手，扶着一瘸一拐的罗杰，沿着那充满苦难的道路前行，翻越高地，穿过洼谷，跨过倒地横卧的大树，终于到达了艾兰顿村前平坦的场地。

他们发现人们正处于高度激动状态，村民们正在狂舞着。罗杰当然想知道个究竟，但是当务之急还是要把战利品安全送到"飞云号"上。

特得船长在甲板上看到了罗杰，随后乘小艇到岸边来接他。

"你袋子里装的是什么？"特得问。

"蝙蝠。"

"如果你想做熟了吃，我没意见，可是不能让发臭味的活蝙蝠上我的船。"

"你会让的，"罗杰说，"其实，它们不臭，和它们吃的水果一样甜。"

"胡扯，我从没听说过。甜蝙蝠！好吧，不管怎样，要它们干什么？哪个动物园会要蝙蝠？"

"任何动物园都会。这些是非常特殊的蝙蝠，是蝙蝠中最大最棒的。"

上船后，罗杰将母蝙蝠放进笼里，但没有提出要关住小

19 死里逃生

蝙蝠。

"你要不关住它,它会飞跑的。"船长说。

"我不信,"罗杰道,"它留恋母亲,不会离开,而且我还要驯化它,让它变成一只小爱畜。"

在笼子与甲板相接之处,罗杰将铁丝间距拨宽一些,正好够小家伙出入,那小家伙立刻就钻入笼子靠到母亲身边。"灵灵",对一切都好奇的小鳄鱼,这时也过来调查一番。小蝙蝠瞪圆了眼睛,盯着小鳄鱼,随后它钻出笼子以便看得更清楚,它还小,还不懂得鳄鱼吃蝙蝠以及一切能抓到手的活物。

"灵灵"毕竟也还年轻,还不知道自己是杀生的凶手,它向新住户友好地摇摆着尾巴,于是,在这只飞狐与这只还未学会食肉的鳄鱼间开始了一种奇特的伙伴关系。

罗杰去看哥哥,哈尔这会儿正在铺上休息,见到弟弟,他说:"别为我担心,过一两天我就可以起来了。可是你怎么了?你怎么一瘸一拐的?"

"没什么大事,树枝砸在脚上了。"

此刻不能告诉哈尔,他还在忍受着疼痛,怎么能再给他增添烦恼呢?不能告诉他,自己——罗杰——是如何从死亡的边缘逃生的。

"村里出了什么事儿?"罗杰问道,"大家好像都在发疯。"

20

草尾巴的故事

"你们走后,这儿出了很多事儿,"哈尔说,"又有一个人被杀死了。"

"在哪儿?在村里?"

"不,在外面的丛林里。他遭到了一个持长矛的人的袭击,他坚持着走回村里,回到家中,在死前将他的遭遇告诉了人们。"

"那个人从背后偷袭了他,将矛穿透他的身躯,他跌倒在地,几乎死过去。他未看清敌人的面目,只注意到敌人的腿是黑色的。"

"你说什么?黑腿?这里的人是褐色的,不是黑色。"

"我只是把他说的讲给你听,他说那人的腿自膝盖向下是黑色的。"

"他想不出是什么人吗?"

"很多年以来,这个部落与邻谷的部落战争不断,他肯定袭击者是那一个部落的。"

"有人来找我去救被刺的人,发现我动弹不得,于是他们把特得船长带上岸,看他有什么办法。叫特得进来,他会告诉你这之后发生的事。"

罗杰呼叫船长,船长从甲板上下来,穿过升降口进入客舱。

"给罗杰讲讲昨天被刺的那小伙子。"

20 草尾巴的故事

"没什么可多说的。我也不是医生,我尽力将血止住,但是我只会做这么一点点,那个人咕哝了几句有关黑腿的话,就死了。"

"后来呢?"

"大家发疯似的乱蹦,男人抄起矛、斧,立刻就要去和干这事的部落决战。但是有个上年纪的人劝他们等到天黑再动手,这样可以给敌人来个突然袭击。

"他们叫我也去——不是去作战,而是认为我可以给他们带来好运气,因为他们以前看到过我变魔术。唉,我又不能推辞,就违心地跟他们去了。

"艰苦地爬上山,又艰难地从另一侧下山,说实在的,我已经累得不行了,可他们却劲头十足急不可耐地要开始行动。

"那边的村子是最奇怪的,所有的房子都离开地面 6 英尺来高,被用东西撑在空中。每个房子都有一个梯子,所以你就可以顺梯子爬到门口。我想他们也许认为将房子那样高高地架起来,就可以在遭到其他部落袭击时处于有利位置。

"有一间屋子点着灯,从里面传出人们的谈话声,我们轻轻地靠过去听着。好像全村的男人都来了,正在聚会商量如何到咱们这个村来,把村庄一扫而光。有一个大嗓门的家伙说,不仅要杀死咱们村的男人,而且要把妇女、儿童直至最小的婴儿全部杀光。

"有一个人说还应该杀死那 3 个白人,指咱们仨,理由是我们是这些村民的朋友。这一点,他们都同意了。

"这时候我才真正感到有兴趣,我可不想让这些家伙把咱们仁的头砍下来，所以我开始考虑对策。

"我走到房子下面，不用担心有人会听到动静，上面的说话声大得很。我看头上有什么东西晃来晃去，你们知道那些人穿戴的是草，草尖像尾巴似的。这种草很结实，就像铁丝一般。房子的地面不是实心的，而是用板条做的，中间露着缝儿。那些人坐在地上，草尾巴正好从板条间耷拉下来。

"我脑子里冒出个怪想法，把这些尾巴拴在一起，一旦他们想站起来时就会发现自己被拴在地板上了，然后我们的人就可以好好地敲打他们一番，让他们别再胡思乱想。这样一来，他们就不会再来骚扰这个峡谷的人及我们了。这一下得好好教训教训他们。

"我跟咱们的人讲了这一计划，他们认为是很好的法术。于是，他们把那些尾巴一个个接起来系牢，随后他们冲上梯子，蜂拥似的闯进屋子。屋内的那伙人被搞蒙了，企图站起来，却发现自己被拴在地板上，动弹不得。

"我向咱们的人大喊，不要杀人，只教训他们一下就行了。可是，咱们的人不这样想，作战不能这样。他们根本不理睬我的话，由于他们刚刚听完敌人讲过要如何将他们及妇女儿童一起杀死，所以他们就开始了不开化的人自然的行动。全部过程只有10分钟。

"他们将战利品带回来，整夜都在狂欢。有一个人缴获了那两条黑腿，我看过了——其实是双过膝胶靴，也许从什么白人那搞来的。

"他把靴子作为战利品带回家，打算吃了，但是嚼不烂，他

20 草尾巴的故事

抱怨说敌人的皮太硬,于是将靴子放到石锅里面煮,煮了一夜也没使靴子变软。

"最后他发现靴子可以脱离开来,所以就将靴子拔下来穿到自己的腿上。现在他正在村里走来走去炫耀自己呢,他身上只披挂着几片草,脚上却踏着一双厚靴子。"

罗杰和船长登上甲板,望着人们在村前为庆祝胜利而狂舞。

只有男人们在舞,被从死亡危险中挽救的妇女及儿童站立一旁观看,赞赏他们各自英雄般的丈夫及父亲。男子们将面孔涂成红、蓝、绿、黄色;也有人用的是白色,看上去就像鬼一般。其中没有一种颜色出自油漆罐,都是从村旁的各种泥浆中搞到的。

有人刚刚做过文身;有人腰部系着一串串贝壳叮当作响;所有的人都无一例外地穿着新草裙;每个男人的鼻部都插进巨大的野猪牙,露出一副野兽的面容。

有人佩戴着鳄鱼牙做的项链;有个男人戴上一只蛇项圈———一只活灵活现的真蛇被头尾缚在一起;另一个人用活蛇作腰带扎在腰间;更有甚者,双肩上搭挂着两个头颅,并随着音乐的节拍,击打那两个头颅。

实际上也并非什么音乐,不过是阵阵有节奏的闹声,敲击大木鼓的声响可以传至山冈那边的敌村。跳舞的人放开喉咙用各自不同的调门唱着,同时挥舞着矛、箭和石斧。

舞蹈者最主要的装饰物是那些在不停摆动的羽毛头饰。这些闻名遐迩的、绚丽多彩的极乐鸟羽毛,只有在此地才能找到。

有生以来,罗杰还是第一次看到这样一片广阔、美丽、多彩的海洋。他们头上戴的羽毛有 5 英尺高,亭亭玉立。

"不可能是真的，"罗杰道，"什么鸟会有这么长的羽毛？"

"是真的，绝对是真的，"船长肯定地说，"当然了，不是所有的极乐鸟都有这么长的羽毛。实际上，极乐鸟有50多种。不过，他们选的是最好的。"

有一位头上戴的羽毛如同一大丛彩色灌木，羽毛之多使他无法在风中走稳，他之字形地前进，左摆右晃，像一只在水上左拐右转的小帆船。

"为什么在美洲或欧洲就看不到这种羽毛呢？"罗杰问。

"因为海关禁止。在你出生之前，妇女们常在帽子上佩戴这类羽毛，对于女子来说，这是最好的佩饰了。但是，为了制作女士帽，过多的极乐鸟被竞相捕杀，所以就制定法律禁止进口极乐鸟羽毛。现在这种羽毛十分罕见，极为昂贵。一根羽毛值一二百镑。我相信你现在所见羽毛的总值能到100万镑。"

"我有一根就行了。"罗杰说。

"那你就会被判10年监禁。"

"就是说我们一根也不能带回去？"

"不能，不能带死鸟羽毛。只有此地的土著才可以捕杀这种鸟。不过有一种办法可以帮你解决问题，活鸟。你是为动物园干的，动物园可以拥有活鸟。"

"明白了，"罗杰说，"我和帕瓦要去捕一些活鸟。"

21  极乐鸟

帕瓦不知道极乐鸟的英文名称。

"什么是极乐鸟?"他问。

罗杰和帕瓦正坐在哈尔的床边,于是病号哈尔说道:"罗杰,架子上有一本关于新几内亚动物的小手册,给帕瓦看看极乐鸟的照片。"

哈尔忘记了这些土著看不懂图片。

帕瓦盯着照片:"这是什么?人?房子?树?"

"鸟,"哈尔说,"这是鸟头,那是鸟翅膀。"

帕瓦指着比鸟身体还大的、由羽毛组成的雨林般美丽动人的彩屏,说道:"我知道这个,是雨。"

"不对。这些是羽毛,大羽毛,就你今天跳舞的那些人头上戴的。"

帕瓦皱缩的眉头舒展了,他明白了:"我知道,在河上游,瀑布旁,我带上弓和箭,射死一只。"

"不,我们要活的。"

"活的,办不到,你一走近,它们就飞了。"

哈尔看着罗杰:"你看,他说得对。要捉一只活的可不是件易事儿。你最好等我好了与你一块儿去。"

"那又有什么用?你怎么捉?"

哈尔摇摇头，说："我不知道。"

"这样一来，不知道的人就成了两个了。我不必等一个不知道的人来帮忙。我得去看看，想个办法捉一只。"

"不妨试试，"哈尔说，"但是，我打赌你会空手而归的。"

"你的脑袋更空。"罗杰反驳道。

罗杰与帕瓦向瀑布出发了，在丛林中艰难地跋涉着，然而那个问题始终萦绕在脑海里。在不能靠近鸟的情况下怎么能捉住它呢？

在河水转弯处，他们到达了目的地，周围是一片令人陶醉的景色，充满活力的树林，秀美的瀑布，赤、橙、黄、绿、青、蓝、紫色的极乐鸟在竞相飞翔；它们时而落在瀑布脚下饮水，时而又进入水中沐浴。天空中布满了美丽绝伦的羽毛，红、绿、金、青绿、紫、碧绿、黄、淡紫、品红、粉、栗……

罗杰有生以来还从没有如此大开眼界，世界上最美丽的鸟就在眼前。它们盘旋，翱翔，扑食，五光十色，穿梭变化，令他眼花缭乱。

在由羽毛形成的一片片巨大云朵中，几乎注意不到鸟的存在，它们不是在飞翔，仿佛像云朵一样在空中飘荡。

罗杰想起，当这些鸟被首次运到欧洲时，引起了轰动。捕杀这些鸟的土著人，在装船前已经将鸟腿及羽翼割掉。于是这就产生了寓言——这些飞禽，不需足、翼，它们像云朵般在空中飘游，从不落大地。英格兰有一位作家认为极乐鸟"始终逗留于空中，从不着陆，它们无双足，无两翼，只有头、躯及占比例最大的羽尾"。

21 极乐鸟

罗杰也有同感,这些动物最大的部分是它们的尾巴,一根根羽毛似旭日射出的光束,在鸟尾后散开,像形成了一片巨大的雨林,使鸟的躯体显得十分渺小,仿佛空中遍布着色彩斑斓的羽球。

有些像流水瀑布,有些像彩色雨林,有些像吐焰的火光。

难怪在法律未禁止捕杀前,欧美的时髦女性们总是在帽子上佩戴这些富丽堂皇的羽毛,只要用50镑或100镑去乘上羽毛的总数,你就会知道某一女士的富有程度。在有些情况下,她的头饰比她的珠宝还昂贵。任何亲眼见过这种旋转的彩色世界的人都会同意自然学家沃纳丝的说法。他写道,新几内亚拥有比全球任何地域都更奇怪、更美丽的自然物。毋庸置疑,科莫多巨蜥是最奇怪的兽,而极乐鸟则是最美丽的鸟。

最绚丽的色彩,并非最佳的音色,就连灌木丛中的一只小鹩也会比极乐鸟的歌唱动听。极乐鸟远不及夜莺,它们发出各种杂乱无章的声音,根本谈不上是在歌唱。似乎,它们的叫声像婴孩儿的啼哭,像放学后冲出校门的男孩子吹的口哨,像猫在"喵喵"地叫,像老牛打哞,像猪一样在尖嚎。这一切构成一片奇特的喧闹,如同大象腹中发出的咕咕声。它们与音乐无缘,生来就是为了展示那耀眼的光彩的羽毛的。

而且它们意识到自己的美丽,总是以最佳的方式来一展美姿。

它们为自己选择了表演舞台,这舞台就是瀑布旁的柠果树枝,它们汇集成长长的阵容,大尽舞兴。

它们不是用双足而是用羽毛在起舞,它们有着特别的才能来

21 极乐鸟

颤动那绚丽的、云朵般的羽毛。熠熠发光、千变万化的色彩引来不少小动物,它们仿佛置身于剧院中,在观看节目。

罗杰发现那些极乐鸟拨开遮挡住它们的树叶,以便让大家看得更清楚。

但是它们的一切努力实际上是为了吸引雌性极乐鸟的注意,后者周身为褐色或灰色,也不拥有那华丽的羽毛,它们坐在近旁,为它们绅士伴侣的表演所陶醉。

每一次表演结束后,演员们即开始整理剧装,用嘴梳理舞蹈后变得有些零乱的羽毛。接着,它们高高地昂起头,叫出一个高音,峡谷里传来回声,又一个舞蹈跟着开始了。

极乐鸟相貌都不大相同。罗杰参照着哈尔借给他的那本手册,比较书中的图片识别着每一类。枝头上的那只是"罗道夫王子",挨着它的是"丝蒂芬尼"王后,还有"国王""华贵""佳丽""萨克森王"和一只美丽的"绿宝石"。

在剧间休息时,这些鸟开始进食,享用悬垂于四周的桤果。看到它们那种奇怪的进餐方法,罗杰禁不住笑起来。

每只鸟的嘴都很长,它们用嘴尖啄下一块块桤果。虽然极乐鸟的嘴不短,可舌头却很短,无法够到嘴尖上的食物,于是它只好将食物抛向空中,张开嘴,接住食物。

为了更好地观察,罗杰靠上前去。鸟一哄而散飞向空中,盘旋着,尖叫着,噼噼啪啪地扑打着翅膀,只有罗杰被甩下,不知如何才能捉到一只这种美丽的鸟。

当然,没有哪只鸟会让罗杰靠近,再被装到口袋或网里,而用绳索也无济于事,它们飞得太快了。

哥哥已经预言他会空手而归的,看来哥哥是对的,哈尔这家伙认为没有人像他一样机灵。罗杰真想让他看看自己也有几手。可是,如何才能捉住一只鸟呢?

万念俱灰,他只有空手而归了。

这时,一个想法隐约出现在他脑海里,他懵懵地记起在南海的一个岛上曾见到当地的一个男孩子。

那个男孩子捉到了一只鸟——既没有用口袋或网,也没用绳索。他是从面包树上搞来的树胶。这就好说了,新几内亚的树林里有的是面包树。罗杰四下望去,近旁就有一棵,他走过去,拔出刀,在树干上划了一道,立刻从刀口处涌出一股稠稠的白浆。罗杰将一部分白浆放到口中咀嚼起来,就像胶姆糖一样,只是没什么味道。

"帮我一把,"罗杰对帕瓦说道,"帮我上那棵树杈。"

帕瓦低下身将罗杰放到肩头,罗杰取出口中的树胶涂在那枝头。

这枝树杈正是鸟用来做舞台的那枝。如果他俩坚持等下去,肯定会有鸟飞回来的。他俩向后退了一定距离,在一根树桩上坐下来。

约莫15分钟后,一只"萨克森王"飞下来,想要落到树枝上,那是一只非常大而壮观的鸟,可是罗杰叫了一声把它吓跑了。

"你干吗?"帕瓦问。

"我不想要又大又老的鸟,"罗杰解释道,"动物园不会要很快就会死的大鸟。幼鸟活得长,动物园出的钱也多。另外,大鸟

21 极乐鸟

口袋里也装不下。"

他和帕瓦带来的口袋要装下有 5 英尺多长羽毛的鸟确实是太小了。

又过了半个小时，罗杰的运气来了。两只幼鸟落到树枝上啄着杋果，它们的羽毛还不长，但是颜色却棒极了。一只是美丽的"绿宝石"，另一只叫作"带尾"，因为它的长羽就像我们装点圣诞礼物的彩带。

"咱们去抓吧。"帕瓦兴奋地说。

"不，等到它们被牢牢粘住时再说。"

那两只鸟在饱食了杋果之后，正打算离去，却发现被什么神秘的力量拉住了。

"现在，我们去捉它们。"罗杰道，于是他们匍匐前进。那两只鸟一声粗一声尖地叫着，抖动着躯体。帕瓦将罗杰高高举起，罗杰轻轻地将"绿宝石"的脚双双与树枝分离开，迅速地装入袋中；那只"带尾"狠命地啄了一下罗杰的手，然而也未能摆脱被装入口袋的命运。两只鸟不停地抖动。发疯似的嘶鸣，好一会儿才安静下来，一动不动。

回到船上，罗杰将两只口袋放在船舱门外，耷拉着脑袋弓着背走近哈尔的床，一副垂头丧气的样子。他一言不发。

哈尔同情地说道："别太认真了，小孩儿。我跟你说过你会空手而归的，这不是你的错，要活捉那些鸟是非常棘手的，所以 100 个动物园中也摊不上一个能拥有极乐鸟。"

罗杰将垂着的头抬起来，"感谢你的同情，"他说，"不管怎么说，我们努力了，"他假装拭去眼泪，"我们确实拾到了点小东西，简直拿不出手让你看。"

"你们捉到什么了？"

"就是两只乌鸦。"罗杰从手册上得知极乐鸟和乌鸦属同一家族。

"乌鸦，"哈尔不无反感地说，"谁会需要乌鸦呢？"

"嗯……这两只乌鸦有点不同一般，我把它们拿进来。"

罗杰走出去，打开一只口袋，小心翼翼地用双手捧着走进船舱。

那鸟果然不失身份地发出一声大叫："呱呱！"

这真叫哈尔目瞪口呆。

"嘿，这是只'绿宝石'！看啊，多美的颜色！"

"绿宝石"仿佛知道人们在夸奖它，它展开羽翼，颤动身躯显示自己的姿色。它的头部与脖子是黄色的，额部为蓝色，双颊及喉部是碧绿色，胸部为深褐色并逐步转成华贵的紫红色。

然而当它全部展开自己的彩屏，就再也见不到鸟的身躯了，它的全身被金黄色的羽瀑遮盖，两只尾羽长长地伸开，尾端是一片绿宝石一样美的茸斑，艳丽无比。

"真让我大吃一惊，"哈尔道，"有帕瓦在身边，你真是走运。是帕瓦帮你逮住的吧。"

帕瓦摇摇头，指指罗杰。

哈尔以新的目光赞赏着自己的弟弟："真是你自己干的吗？我真没想到你有这么大的本领，你怎么抓的？"

罗杰微微一笑，说道："我再给你看只乌鸦。"

当罗杰将"带尾"放到舱里时，哈尔不顾背部的疼痛，一跃

21 极乐鸟

而起。

"'带尾'！我真不敢相信。这是极乐鸟中罕见的一种，再没有谁能拿出这么美的鸟了。"

那只"带尾"，仿佛是为了感谢哈尔对它的恭维，展开五彩斑斓的彩带翩翩起舞，一边跳，一边竭尽全力，引吭高歌。

"罗杰，知道吗，"哈尔神情严肃，"即使我们什么动物也没捉到，只要能把它安然无恙地运回家，我们的努力就没有白费。好了，现在你该告诉我怎么抓住这些可爱的家伙的。"

"我告诉你，你也不会信的。"

"那怎么可能呢，我会信的。怎么抓的？"

"用泡泡糖。"

"我不信。"

罗杰开怀大笑，走出船舱，把哈尔一人甩在屋里去解用泡泡糖抓鸟之谜。而且罗杰在哪儿搞到的泡泡糖？哈尔知道罗杰从不吃泡泡糖，船上也没存放任何泡泡糖。

这小家伙准是在逗人呢。

罗杰把两只鸟关进笼子，转身去为它们觅食，蛞蝓啦，蜗牛啦，甲虫啦。两只鸟很快就依赖上罗杰来喂它们了。又过了几天，他冒险将笼子门打开，两只鸟立刻走出来，飞落到帆缆上，发出阵阵尖叫与嘶鸣。

它们还会飞回丛林吗？罗杰将一碟小虫放进笼子，焦灼不安地注视着鸟的举动。在驯化动物方面，他一直很有运气，可是鸟类是有小脑的——它们是否聪明到不相信他的地步？

五彩缤纷的极乐鸟来回飞着，却始终不离开船。罗杰耐心地等待着。足足等了一个小时的工夫,"带尾"终于飞下来,降落在罗杰伸出的手臂上,随后"绿宝石"落在另一只手上。罗杰轻轻地对它俩讲话,不过不是用它们啼鸣式的语言。它们抬头注视着他,又低头望望笼子,它们犀利的目光落在那等待它们的正餐上。

它们跳下地,走入鸟笼,开口享用那又肥又鲜的虫子。

笼门再没有关上,罗杰的新朋友可以随意进出了。罗杰为它们分别取名为"丽带"和"艾绿",它们加入了鳄鱼"灵灵"、小蝙蝠"精精"这支爱畜队伍。

22 活埋

次日上午,特得船长带来一条坏消息。

"帕瓦情况不太好。"他告诉仍带伤卧床的哈尔。

"他出了什么事?"

"我也不太清楚。我到岸上去散步,当走近帕瓦的房子时,他的一个妻子跑出来告诉我,帕瓦生病了。我进到屋里,只见他正忍受着巨大的疼痛,像蛇一样在地上打滚,呻吟着并用力按着腹部。他妻子说他一整夜都是这样,并让我救救帕瓦,可我不是医生啊。"

哈尔也不是医生,但是在多次旅行经历中,他学到了一些医疗知识。

"我得去看看能帮什么忙。"他说着挣扎着要坐起来,但因力量不够又跌回床上。待缓过劲儿时,他说:"听你说的情况,好像是中毒了,给他用些催吐剂。"

特得没听说过这个词:"什么叫催吐剂?"

"催吐剂,是为了让他把东西吐出来——把肚子里的毒素吐出来,如果真是吃了有毒的东西。我只是担心恐怕太晚了,如果他已经熬了一夜的话,这会儿毒素已经通过胃进入整个身体系统。不过你还是试一试,让他妻子给他喂温盐水,越多越好,促使他呕吐。"

罗杰一直在旁听,"可是,他是怎么中毒的呢?"他说,"森林里的一草一木,每只野果他都了如指掌。"

"也许有人偷偷溜进他的屋子,把毒药放到食物里了。问问他妻子是否在周围见到过陌生人。"

罗杰和特得船长去看帕瓦了。这样一个好朋友、丛林中土生土长的壮汉变成眼前这个样子,罗杰感到十分悲痛。帕瓦迷迷糊糊的已认不出罗杰了,他的五位妻子都守在屋里,号啕大哭,仿佛帕瓦立刻就要谢世了。

有一个妻子取来一些咸海水。每天海潮都将咸海水冲到河湾处,所以盐水随手可得。她们在柴火边放置 3 块石头,架上石锅后开始给水加温。然后,罗杰亲自动手为帕瓦服用催吐剂。

灌足了咸水后,他们将帕瓦翻过身来腹部向下,咸水喷出来了。

他们将帕瓦脸向上翻过身来,罗杰用目光四下寻找,屋里没有床,可是,就是让帕瓦躺在地上,无论如何也要有一个枕头啊。罗杰问有没有枕头,有一位妻子抱来一块木头放在帕瓦头下,此时帕瓦睁开了双眼,可是看来他什么也看不见。

特得船长问那几个妻子:"昨天有陌生人来过这儿吗?"

沉默。随后,一个女人道:"我不太清楚,因为我们不住在这儿。这间屋子只有我们的丈夫一人住,昨天呢,他和你们一齐去的森林,所以这屋子里没有人。也许有什么人进来过,可谁知道呢?"

"我见到一个人,"另一个妻子道,"当时我正在小树林里拾柴火,看不太清楚——有好多灌木挡着我。可是,我看到有个人

22 活埋

影从这屋子里出来。"

"你能说说他的模样吗?"

"我没看清,他没穿草衣,和你们的穿戴一样。可能不一定对,我或许看错了。"

说话的女人用的是土语,特得船长完全听懂了,罗杰则半懂不懂。而且她说的情况也不完整。除了这女人外,没有别人看到那个陌生人,可是她自己又不敢肯定。

罗杰与特得回船向哈尔报告了这些情况。

"我们按你说的做了,"罗杰道,"但是不起作用。"

"我也担心这个,如果真是中毒,现在已渗入全身了。你们问过帕瓦妻子见过什么生人吗?"

"问了。有一个觉得见到过什么人——一个像咱们这样的人。"

"除你之外,是吗?"哈尔对罗杰说,"因为那会儿你远在树林深处呢。你在哪儿呢,船长?昨天你去过村里吗?"

"压根也没去过。"

"我有一个怪想法。"罗杰道。

哈尔咧嘴笑了笑:"那是自然的了,你的怪想法多着呢。"

"我总觉得卡格斯在周围跟踪我们。"罗杰说。

哈尔摇头:"绝不可能,卡格斯在监狱里呢。"

"可是看看这一连串发生的事,你背部挨了一箭,我差点儿让木桩击中,现在我们最好的朋友又中毒了。"

"你越想越玄乎了,"哈尔说,"第一,卡格斯不可能从监狱里出来。第二,他不知道咱们的去处。第三,他可以用枪,不必用箭。第四，如果他意在追踪我们，为什么要害帕瓦呢？第五，他为什么这样处心积虑地要杀我们呢？我们怎么着他了？"

罗杰反驳道："你认为你这些第几第几都挺精明的吧？那好，我也可以给你讲几条。第一，卡格斯狡猾透顶，能从任何什么地方逃跑出来；第二，我们的航海目的地都登在报上；第三，如果他刚从监狱逃出来就不可能有枪——但是他可以从任何部落搞到弓和箭——而且，他在这一带海岸待过多年，知道如何使用弓箭；第四，你忘了木桩一事——他曾用同样的伎俩想借滑坡杀死我们；第五，帕瓦是咱们的朋友和保护人，卡格斯当然不想让他碍事；第六，他要杀我们的原因多着呢，我们让他失了业，使他失去了走私黄金的机会，把他送进了监狱。你是个好心眼的孩子，不了解心怀恶意之人的凶狠，卡格斯没一点点善心，他已干了4次凶杀，不会洗手不干的。"

两小时之后，帕瓦的一个妻子游水登上船，见甲板上无人，直奔船舱。她出现在门口，双肩耸起，两眼哭得又红又肿。

大家立刻意识到情况十分不妙。

"帕瓦情况更糟了吗？"哈尔问。

"我丈夫已经死了。"

片刻间，是一阵震惊后的沉默，罗杰打破沉寂说道："我和船长要上岸去参加葬礼。"

"他已经被埋葬了。"那寡妇说。

船长解释了新几内亚的习俗，"有些部落将死人放在一座高台上搁置数月，直到尸体风干。这里部落的习惯刚刚相反，人一死马上掩埋，咱们去看看帕瓦的墓地吧。"

22 活埋

他们划着小艇上了岸，罗杰以为会被带到树林中的某个地方，那才是墓地呀。可是，那女人把他们一直引进帕瓦的屋子，室内，帕瓦的所有妻子已会合在一起，正在举行悲哀的送葬仪式。靠近墙的一侧，是一些新挖掘的土。

罗杰不免吃惊地说："你们不会把帕瓦埋在屋里吧？"

"为什么不？"一个妻子抽泣道，"他活着时是我们亲爱的丈夫，难道死了，我们就应该把他扔出门外吗？这是他的家。"

罗杰与船长站在墓边，罗杰又是一惊，墓的一端是一个小坑，罗杰看见坑里帕瓦的脸露在墓外。

"这是什么意思？"他问船长。

"当一个伟大而善良的人死后，他们在墓地死人头部的地方留一个小坑。"

"为什么？"

"这样他们以后可以移开死者的头，把它放到特姆贝兰里。"

"我原来以为他们只放敌人的头呢。"

"不是的，每一个村长的头、每一个智者的头，他们也存放起来。他们以此向死者表示崇敬，他们认为头颅里仍然活着死者的灵魂。他们可以到特姆贝兰，不断地祈祷，手摸着头骨，让灵魂的智慧流入他们的大脑。"

"多奇怪的习俗啊！"

"的确很奇怪，不过也许要比我们的做法好——我们的做法是掩埋之后便是忘却。"

帕瓦在被掩埋 3 天之后，起死回生。

此事并没有引起村民们的惊愕，他们已经习惯了各种魔术，况且，很久以前他们曾经听一个过路的传教士讲过，有一个智慧的白人在过世掩埋后的第三天从墓穴中走了出来。

然而，当一个熟悉的身影出现在船舱门口时，船上的3个人都大吃一惊，他身上裹着下葬时所用的树皮，满身是墓中的泥土。黄昏之际，光线昏暗，如果他们3个迷信的话，肯定会认为见到鬼了。这个鬼还居然开口说话了。

"很抱歉，这几天没来照顾你们，可是，我死了。"

"可是你并没有死啊！"哈尔说。

"不，我死了，睡了很长很长的时间。我远远地超越了我们生活过的大地，所见的是穿戴洁白衣装的人们，我在那儿见到了所有的老朋友——多年前去世的人们。后来，伟大之神送我回来，我现在又活了。"

"可是你怎么从墓里跑出来的？"

"有一个女人往下看时，发现我的头在动，于是她把别人叫来，移开土，我就站起身走出来了。"

"我可以理解这个过程，"哈尔道，"帕瓦实际上根本没有死，他病得十分严重，不省人事，进入医学上的昏迷状态，大家误以为他死了。掩埋之后，因为头部在外，帕瓦仍可呼吸，当他摆脱昏迷状态后，有人看到他动了，帮他重新回到亲人中间。"

船长抄起炊具，"既然他不是鬼，"船长说，"那3天不吃不喝，现在一定饿急了。"

"我看不会的，"哈尔说，"昏迷如同动物的冬眠，沉睡一冬，消耗自身的脂肪，待春归大地，它们消瘦却健康地投入生活。既然动物可以数月不食，人也可以经受3天的不食不饮。帕瓦，你

22 活埋

现在饿吗？"

"不饿。"帕瓦说。不过，当食物端上来，闻到那扑鼻的香味，他禁不住坐下来，将食物吃得一干二净。饭后，他向后仰靠着，回想着他的梦境，双眼变得雾蒙蒙的。

"那是美好的世界，"他说，"有一天，我还要去，不再回来。"

"这太怪了，"罗杰道，"他的确认为自己死过。"

23

蛇灾与蛇获

墨林·卡格斯的处境并不佳。

他真搞不懂,前几次的行动那么轻而易举,为什么这两回这么棘手?

这两人又是最重要的,亨特兄弟了解他的全部罪行,只要他俩还活着,自己的性命就难保。他们曾使他被判终身监禁,要是再让他俩把自己送回监狱,无非是两种选择,要么终身单独囚禁以面包和水为食,要么被判死刑。

如果能干掉他俩,他就会太平无事了。不过他还从未遇到过这么能逃生的人。连续多日,他一直在艾兰顿村附近出没,寻机杀死兄弟俩。

他原以为用箭射中的年龄大的那个一定会死,谁知,他还活着并被人们抬回村。他又为罗杰布置了树桩陷阱,树桩滑下本应砸死那小浑蛋,可偏偏只伤了他的脚。他对兄弟俩的保护人——村长帕瓦投了毒,并眼见其被埋葬,却又见他死而复生站起来了。

这到底是怎么回事,他无法理解。一想到此,他就浑身起鸡皮疙瘩,一个死去并掩埋3天之久的人怎么会若无其事地站立起来四下行走呢?一定是某种神术。他感到局促不安,或许这位帕瓦是魔法师,已经向他发出过咒语。

23 蛇灾与蛇获

也许，正是因为这一点，他——卡格斯——才一直一无所获，这令他胆怯畏惧。但是他置此于不顾，事情还未成功，他必须做到底，就是天塌下来也要干。他自我安慰道，自己是聪明人，怎么能让两个小滑头来耍弄呢？不能上当。

如果确实有人向他发出了恶咒，他知道如何摆脱。有一个人会十分乐意帮忙的，他也同样记恨亨特兄弟，他一直是艾兰顿村的巫医，若不是被他俩戳穿，也不至于逃到山东边的那个村里。

卡格斯打算回去找那巫医，同时他吃的东西也不多了，得回去取一些。他不能进村去找吃的，那样一来，人们会告诉亨特兄弟，他俩就会有所防备。所以他必须到山那边的敌村去。

他到河湾处登上掩蔽在那儿的、被偷来的汽艇，他将船发动起来，顺河而下驱入大海，继而向东拐，驶入山那侧的河流，并沿河而上，向村庄驶去。

人们蜂拥般出来看他，被逐的巫医也夹在其中，卡格斯走上前，向对方的脸吐唾沫，巫医也照他脸上吐着，如同握手一样，这是表示友好。

"我想与你谈谈，"卡格斯说，"能单独谈吗？"

"到我屋里去。"

他们走进屋，关上门，那巫医面带悦色地说："你是来告诉我亨特他们的死讯吧。"

"我来是补充食品的，你能办到吗？"

"当然。但是，我的仇人怎么还没杀死？"

"我一直就不顺，我射中了那大孩子，他本该死的，可却活过来了。我想砸死那小的，他也躲开了。我给那村长投了毒，他死了,又给埋了。"

"嗯,至少你干掉了一个。"

"没有,那死人第三天又活了。"

巫医不相信自己的耳朵,他惊愕了。

"再说一遍,你杀死了那个人,那么现在他还活着。"

"就是这么一回事。"

"这是魔法,这可糟了,"巫医说,"非常糟。如果那村长能死而复生就一定是个魔法师。他能有如此力量,也就会给你发恶咒。"

卡格斯点头道:"这正是我所害怕的,我从未信过魔法,但是这一切怪事都无法忽视。他如果真给我发过咒语的话,我能指望你帮我一把吗?"

"我给你驱咒。"巫医道。他从墙上摘下野猪牙做的项链,项链下悬垂着一只干枯的、模样凶狠的蝎子。

"戴到脖子上,这是避邪物,可以为你驱赶恶咒,给你带来好运。"

卡格斯将蝎子挂在衬衫外。

"不行,"巫医说,"魔力必须保存在里面,贴着身体。"

卡格斯将蝎子塞进衬衣内,蝎子虽然已经死了,可他仍不喜欢让有毒的动物死尸贴着自己的皮肤,它虽然已不会扎人,却令人瘙痒,很不舒服。不过,他还是愿意忍受一切,来摆脱恶咒及一连串的不祥之事。他重新唤起了信心,要铲除那两个狂妄的恼人的小浑蛋。

"下次再来,我会带给你好消息的。"他说。

23 蛇灾与蛇获

"为了保证你说到做到,我送你一口袋致命毒物。"

巫医拿来一只鼓鼓囊囊的口袋,打开口让卡格斯看,卡格斯窥见一口袋蛋卵,有些还在动,仿佛里面有扭动的活物。

"一口袋鸟蛋对我有什么用?"

巫医大笑道:"别急,这些可不是鸟蛋,每只蛋里有只'眼镜王'蛇,就要出来了。"

卡格斯熟知"眼镜王"蛇之凶狠,它是世界上毒性最强的蛇之一,每年在印度、印度尼西亚以及新几内亚杀害数千人,它的可怕程度令人生畏,未开化的部落都视其为神。一旦它的毒牙插入人的肌肉,不出半小时,被咬伤的人就会死去。不过,眼下口袋里装的不是 20 英尺长的蛇,而是幼蛇。

他将口袋推开:"这对我毫无用处,我不能等上 5 年让这些蛇长大,这么小的蛇怎么能毒死人呢。"

"你说错了,它们一出壳就可以毒人,把它们放到船上,我保证你用不着等上 5 年。这些小蛇马上就要跑出来了,今天晚上,等你的仇敌睡着了,打开袋子,用力扔到船上,记住用力,把蛋壳撞碎,不用等到早上,你就成了无忧无虑的人了。"

下午,卡格斯将偷来的船重新掩蔽在艾兰顿河湾处,仿佛是又回到家里,他心里踏实多了。船上贮备了不少食品(尽管并不合他的胃口),巫医只能提供自己所吃的那类食物——蜗牛、甲壳虫、蚯蚓、鸟的脑子、蚱蜢、蜘蛛、青蛙、蝙蝠、老鼠、蟋蟀、麻雀、啄木鸟、壁虎、虹、臭鼬肉以及鲜血。

不管怎样,这些食品总可以维持他的生命,他必须活下去才能去杀仇人。

他望着袋内的蛇蛋，有一只壳已经裂开了，一条1英尺长的"眼镜王"蛇正瞪着圆眼珠看他呢。

不等他扎紧口袋，蛇已爬到袋外落在船上。有些"眼镜"蛇只知躲避，但"眼镜王"蛇则生就憎恨一切、憎恨所有的人。这只小蛇并不寻路而逃，它自信地面对着眼前看上去像巨人似的卡格斯，抬起头，扑开自己细小的身段，小黑芯子①一伸一缩，露出上颚的毒牙，随时准备释放杀人毒素。

又高又大的卡格斯面对渺小的对手被吓得发抖。一个想法掠过他的脑海，由于他的罪孽深重，上帝要惩罚他了。他穿过舱门向甲板上后撤，小恶鬼追踪而来，卡格斯想跨到蛇后抓住其尾，可是当他转身时，小蛇也迅疾转过来继续与之对峙。

恐慌之中，卡格斯脱去外衣，甩在蛇头上，弯下身抓住蛇尾，把这只仍在蠕动的家伙远远地甩入河中。

他相信蛇会被淹死的。可是不然，蛇摆着尾巴，回到船上，凭着本能一股脑儿向卡格斯冲去。吓筛了糠的卡格斯心跳剧烈，他发誓只要上帝饶恕他这一次，他将改恶从善，不再杀人。上帝没有回声，苍天与大地都在同他作对，太不公平了。

他麻木地站立着，然后才强迫自己行动，他跃上岸，抓起一根木棍，此刻蛇也已上岸，扭动着向他奔来。

卡格斯用尽全身力气抡起棍子，紧张过度的他未能瞄准，击到地上，偏离蛇头3英寸。未及卡格斯再次抡棍，蛇已借棍为梯向他手上爬去。他用力甩动木棍，蛇被甩落了，落地前蛇的毒牙

---

① 小黑芯子：指蛇的舌头。——译者注

23 蛇灾与蛇获

划着了他的手背,他感到一阵疼痛。

他还算明智地又一次抡起木棍,这次击中了蛇头。

卡格斯扑通坐到地上,魂不附体地颤抖着,像蒸汽机似的喘着粗气。他看着自己的手,一道细细的红线划过手背,这意味着什么?他被咬了?果真如此,他的生命仅有半个小时就该结束了。

一个人如何度过自己的最后时光呢?祈祷吧,这总无妨。他祷告着,却得不到任何回应,难道苍天聋了吗?

他用嘴吸吮手背,并吐出唾液,以此来排毒。对此,他并没抱多大指望,早就听说过"眼镜王"蛇的毒液直逼人的神经,现在早已进入他的神经系统了,他觉得体内的每一根神经都在乱跳,不知是由于恐慌还是毒液所致。

死在这荒寂之地,既没有葬礼又没有歌声,就这样倒下去,让尸体腐烂去喂蚂蚁。真是可怕。不行,即使是在此销声匿迹,至少也要很好地掩埋,当然这要靠他自己。

他从船上取了铁锹,挖了一条沟,虽只有两英尺深,但也够用了。他躺倒在沟内,用土将自己覆盖,只露出脸在外,然而当他只剩最后一口气的时候,要将头部遮盖严。他这是步帕瓦之后尘,唯一的区别是,帕瓦3天起死回生,而他则将一命呜呼了。他要瞒过蚂蚁、老鼠、秃鹫、鳄鱼等一切食肉动物,活着时他生活得不体面——但至少要做到体面地去死。

墓穴还算舒适,他合上双目放松身躯,心跳在减速,神经停止了跳动。

半小时过去了,一小时过去了,他呼呼熟睡了。待他醒来,黑暗已快降临。而他还活着。

那么说，他实际上没有被蛇咬伤，毒牙不过是蹭了他的手，还未来得及插入肌肉并释放毒液。他安然无恙。

抖掉身上的泥土，他登船吃饭——一顿蜗牛加枞果的晚餐。

他后悔向上帝做出不再杀人的许诺。可是，上帝并没有接受他的誓言啊，所以交易到此结束。

他拾起死亡之袋，出发了，穿过丛林直奔村庄。往返了多次，他已熟悉路线。为保险起见，他沿着河岸行走，河面上映出残月的微光。

村民们已进入梦乡，晚间无事可做——没有广播，没有电视，没有饭馆，也没有夜总会。船上也是一片黑暗。

他开始小心翼翼地挪动，不能被什么树枝绊着，绝不能出半点声响。

他下了河蹚水前行，同时仔细搜索周围，看看芦苇丛中有没有鳄鱼。河水很凉，他不禁打了个寒战。这一切是多么麻烦。如果人们知道凶杀所付出的千辛万苦，他们也该对杀人犯善良些。他要杀死可恨的亨特兄弟，也算是在这世界上做了点什么。

水深了，他开始游水，拖着那能杀人害命的口袋。他竭力不弄出水声。

到达了船舷，他停下侧耳细听。船内鸦雀无声，人人都在熟睡。这次，他要走运了。

他打开口袋。等着瞧吧，这口袋往甲板上一甩，经过撞击，蛋壳裂开，蛇就会遍布全船。他数过，至少有40个蛋，40条嘶嘶鸣叫的毒蛇满船乱窜，足够照顾亨特兄弟俩了。对，还有

23 蛇灾与蛇获

船长。

到那会儿,他——卡格斯,将是纵帆船的主人,他要去星期四岛,重操旧业,买卖珍珠。当然他要改头换面、更名改姓。他要装上满满一船的珍珠及珍珠蚌,驶到澳大利亚海岸的走私海湾,以高出进价10倍的价格出售。

正当他要向船上抛口袋的时刻,一声刺耳的呼哨吓了他一跳。那船长准是一直在甲板上值班,肯定看到有人游到船边,于是吹哨向亨特兄弟俩报警。

卡格斯陷入痛苦的失望中,巫医送他的护身符最终还是没有给他带来好运。

他正要掉头游向岸边,此时又传来一声呼哨,还接着一声"呱呱",他听出这是极乐鸟的叫声。

也许这是好运,不是恶兆。这说明那两个孩子捉到了一只极乐鸟,兴许还不止一只呢。能走私一只到澳大利亚,就可以赚大钱。而且卡格斯以前还窥探到,那两个孩子还抓到了一只大鳄和一只小鳄,那小的比大的活得长,更值钱。还有科莫多巨蜥,肯定还有其他的东西,都是能赚钱的。

可是,如果把蛇扔到船上,蛇就会毒死鸟和小动物,怎么办?这时,他留意到船舱的一个舷窗是打开的,于是他游过去,一手钩住窗沿儿,用力撑住身体向舱内望去,与甲板相连的舱门关闭着。好极了,如果把蛇扔进船舱,蛇就能杀死两个孩子及船长,却不能到甲板上去伤害鸟及动物。3条人命对卡格斯来说一文不值,而动物却是一大笔钱啊。

卡格斯举起口袋,用全力从舷窗口扔进去。口袋撞在对面的舱壁上,接着是噼里啪啦蛋壳破碎的声响。一个男孩儿的声音喊道:"什么声音?"

卡格斯等不及看结果,就悄悄地迅速游向岸边,消失在丛林中。过一会儿,他将重新露面,帮助掩埋这3个白人并在墓前为他们哀哭。

喊"什么声音?"的孩子摇醒哈尔。

"这出了点儿怪事。"罗杰说。

"什么怪事?"

"有个东西从舷窗飞进来又碎了。"

"你不是在做梦吧?"

"不,我一直就没睡着。先是一只鸟尖叫,接着这东西就从窗口射进来了。"

"可能是只迷路的蝙蝠。睡吧。"

罗杰没有睡,却点亮了灯。"到处都是蛇。"

哈尔一下子彻底醒过来,陡然坐起来,一头撞在天花板上。四下一看,蛇到处可见。

特得船长的床上发出含糊不清的声音,"是不是有人说蛇来着?"他睁开双眼,"唉,尽是些小蛇,不碍事。"

但是自然学家哈尔·亨特更了解蛇。他已经看到这些小小的不速之客正立着头,颈部膨胀着。

"'眼镜王'蛇!"哈尔喊道,"小蛇,可是,天啊,一条小蛇就能杀死人。"

他举手从床头架子上取下急救包。

"不能浪费时间,坐等挨咬。"他说。

23 蛇灾与蛇获

他将抗毒素吸入注射器，轻轻地爬到各个床上，给罗杰和船长进行皮下注射，最后也给自己扎了一针。

罗杰指着门："也许，咱们可以把蛇吓唬到甲板上。"

"别开门，"哈尔说，"蛇会杀死动物的。"

"总比杀死我们要好吧？"

"只要我们谨慎，蛇就伤不着我们。躺下，罗杰，别动！"

"你怎么不待在床上，你到底要干什么？"

"一双防蛇手套，一只口袋。不管是谁扔进来这些蛇，都是在给我们送厚礼。"

特得船长惊愕地说："我看你是真够冷静的，这种时刻还想着捕捉动物。"

哈尔笑道："千载难逢。"

有了厚厚的手套做保护，蛇牙别想插进去，再蹬上厚厚的靴子，哈尔高度戒备地靠近一只小凶手，以迅雷不及掩耳之势捉住它的脖颈，一把装入袋中。

"我来帮帮你。"罗杰说。

"别动，你会挨咬的。"

但是罗杰已穿上靴子，正轻松地穿过地板，在蛇的间隙中寻找落足之地。他找到一副捕蛇手套，随后一只只地往口袋里装蛇。由于从小就在父亲的动物饲养场训练，他在这方面很有技术。有两次，他把蛇往口袋里放时被蛇击了一下，但毒牙未能穿透厚厚的手套。

与此同时，特得船长认为他最好还是从头到脚将自己蒙起来，并把四周紧紧塞好，这样什么东西也别想进来。为什么要去冒险呢？他不相信抗毒素的功能，也不觉得有责任去相助——他不是动物收藏家，他是水手，不干这种营生。他如此为自己开脱着。

突然，他觉得什么东西在胸部蠕动，有一只小蛇总算找到个缝钻进去了，它喜欢床上的热气，也喜欢卧床之人身上的热气。

船长发出恐怖的呼喊，扔掉单子，将蛇甩到船舱中央。

他怒气冲冲地瞪着两个孩子，"下次我再出海，"他抱怨道，"绝不和你们这些疯子一起去！"

正在兴头上的捕活蛇的人们无暇顾及他。

终于，他们将能看到的蛇全部装入袋中。哈尔想戏弄一下船长，"就抓这些了，"他说，"还有那么两三只我看钻到特得床上去了。"

"住嘴吧！"特得船长火了，"别胡说八道了，让人睡会儿安稳觉吧。"

"胡说八道，是吗？40 条'眼镜王'蛇，每条 5000 元，相当好的胡说八道吧，"哈尔系上口袋，"明天，把它们放到笼子里，网眼要密一点儿的，否则它们会跑掉的。"

清晨，卡格斯返回村口，他是来享受送葬的喜悦的，可是却不见有人悲泣，也不见有人挖掘坟墓。"飞云号"甲板上支着餐桌，他的 3 个仇人正在吃早饭。

24 古怪和稀有的动物

哈尔、罗杰、柏格和帕瓦又外出捕猎,他们在丛林中边跋涉边搜索着动物——唯独柏格另有考虑。

罗杰的这位朋友两眼一直没有离开地面,他根本没想捕动物,他所要的是一个人头。他已经得到一个了,很不错的,但是他还想要一个。

"从出发到现在,你怎么一声不吭,"罗杰说,"怎么啦?"

柏格抬起头,古铜色的脸上露出焦虑之情。"没什么。"他说。

"光说没什么可不行,你可以跟我说说嘛,出了什么事?"

"男人们——他们笑话我。"

"为什么?"

"因为我没带回来头。"

"你帮助我捉过不少动物啦。"

"我不是说动物。我说的是头——像这个。"他拍拍自己的头。

"一个人头?"

"对,一个人头,或一个女人头、小孩头。"

"干什么?"

"要做一个男人。在你们国家不是这样吗?难道你不砍下一个人头，大家就承认你是个男子汉了吗？"

"不用。在我们国家，如果你杀了人，就要蹲监狱。"

"可是你们总得要有人头放在特姆贝兰里呀。"

"我们没有装人头的特姆贝兰或神屋。"

"你们没有？那你们的习惯太怪了。"

"我们的习惯对你们来说奇怪，而你们的习惯，我们也觉得奇怪。"

"那么，你们怎么证明自己是个成人了呢？"

"言行举止照成人的样做，自己动脑，不管他人的头脑如何。不过你要是杀人，没有人会认为你是男子汉的。"

"只要能得到一个头，我管不了那么多。要是得不到头，只能说明我还是个孩子。你跟我去山那边的敌村好吗？也许碰上个小孩在外面玩，我们把他的头砍下来带回家。"

"柏格，你真的认为这就是勇敢吗？"

柏格没有立即回答。他俩沉默着继续往前走。

"不是勇敢，"柏格承认道，"这只是我们的习惯而已。我不喜欢这样做，我讨厌这个。可是我又能怎么办呢？"

"不去干，你依然可以成为男子汉。"

对于柏格来说，这是一种崭新的思想，他止住步，认真地看着罗杰，好像他们以前从未不认识。"你真的这样认为吗？可是我们的习惯怎么办？"

"改变习惯。你是村里的孩子头，只要你不去干，孩子们就会以你为榜样。你们有很多的好习惯，但这个习惯不好，抛弃这个习惯。"

24 古怪和稀有的动物

柏格没有回答,但是他好像情绪高涨,脚步更有力,看上去像个大人了。

"那儿有只袋鼠!"他忽然喊道。

罗杰搜索着矮木丛,未见任何动物。

"在树上。"柏格说。

"袋鼠不上树。"

"有一种上树,看见了吗?就在那棵树上呢。我去捉它。"

走在前面的哈尔和帕瓦走回来观看。

"如果能捉到,那可是件真正的战利品,"哈尔说,"它同澳大利亚的袋鼠不同,我们叫它树袋鼠,因为只有这类袋鼠会上树。"

柏格已爬到树的一半了,敏捷地从一根树枝爬向另一根树枝,他真可以称得上是只树袋鼠了。那只袋鼠又往高爬了一截,是只雌鼠,它胸部口袋里露出一只小袋鼠头,正瞪大眼睛往外看呢。

一般的袋鼠由于不经常使用前脚,所以前脚小而弱,可是这类袋鼠的前脚由于攀爬树木变得十分有力,而且前脚与后脚都长着尖爪,这是为了适应爬树。

"它的尾巴比身体还大,"罗杰说,"它是不是将尾巴挂在树上像猴子似的打秋千?"

哈尔摇摇头:"可不是那种尾巴,袋鼠的尾巴相当于一条腿,你观察一下,看它如何使用尾巴。"

为了躲避正在攀爬的孩子,袋鼠向更远处移动,在那样的枝梢上行走并保持平衡可是不容易的,但是有了这样一只尾巴,事情就好办了。袋鼠将尾巴伸到另一根树枝上作为支撑，走动起来像杂技演员走钢丝那样平稳。

柏格离开树的主干，也向树枝梢头爬去，正当他欲伸手抓住袋鼠时，那动物一跃跳下树。足足40英尺的距离，4层楼的高度。

"会摔死的。"罗杰说。

"不见得。"这是他的哥哥、自然学家在发言。

袋鼠熟练地以脚着地，其跃下之速度近似飞行着的子弹，可是却能用脚进行自如的缓冲，如同钢丝弹簧一般。

"据了解，它们能跳得比这还远，"哈尔道，"快，抓住它，别让它跑了。"

但是，那袋鼠已不见了。"哪儿去了？"罗杰问道，同时四下张望。

"在上面！"果真，了不起的弹跳运动员此刻正在他们头顶上方10英尺左右，站在一个长长的垛中间，那长垛向远处延伸出30来英尺长。

哈尔穷追不舍，跑到垛头，好在袋鼠落地时擒住它。他一把抓住它的一只前脚，它挣扎着，扭转着，但是哈尔紧抓不放。罗杰赶上来抓住它的另一只前脚。

"这动物咬人吗？"他问。

"好像不会的。不过，要当心它的脚，一脚能踢瞎你的眼。"

这只食草动物并没有露出狰狞，只是惧怕。罗杰轻声细语地对它说："别怕，我们不会伤害你。"

可是小袋鼠却不知去向了。

24 古怪和稀有的动物

"是不是掉出袋子了?真是如此,恐怕摔死了。"

其实小袋鼠正在躲藏,哈尔将手伸到袋鼠母亲的口袋里,托出那只圆睁着眼的小家伙。它才仅有哈尔的手掌那么大。

"真小啊,"罗杰说,"刚刚出生吧。"

"不对,刚出生时只有1英寸长。"

"它干吗不跳出口袋逃跑呢?"

"不会的,它只会越藏越深,而不会跳出来。"

哈尔松开小袋鼠,它立即跳入口袋,藏在最深处。

"它总得出来吧,"罗杰表示异议,"总要吃饭吧。"

"它妈妈的乳头在袋子里,小袋鼠可以待在袋子里随时吃奶,要待上五六个月呢。"

"别唬人了。"

"就是五六个月之后,"哈尔说,"它可以到袋外吃草了,当它饥饿、疲倦或恐惧时还会重新跳到母亲的袋中。嘿,快看!又有好东西了。"

罗杰应声抬头,上方是一棵硕大的桉树,最矮的那根树枝上有一只被孩子遗忘的玩具熊。

罗杰这么认为——可是突然间那熊活了,想爬上一处安全地带,恰好,罗杰及时地按住了它。它没有挣脱,只是看着罗杰,眼睛仿佛在发问:"是朋友还是敌人?"

"朋友。"罗杰说。他举目四望,希望在其他树上也找到这些可爱的动物。

"看那些树没用,"哈尔道,"考拉熊只吃桉树叶。"

"它可真够小的——真是只熊吗?"

"不是。只是因为像熊,才这样叫的。"

"'考拉'是什么意思?"

"意思是'不喝水的动物'。"

"但是,它肯定要喝水的,动物必须喝水啊。"

"考拉不喝。它可以从露水和桉树叶中得到足够的水分。能得到它,爸爸一定会高兴的,他特别提出过要捉考拉。"

"你看好袋鼠,"罗杰说,"我得给'熊熊'来一顿美餐。"

罗杰集中了最大、水分最足的桉树叶喂考拉,他和这只动物间的隔膜消除了。由于数百年以来,考拉的后代们始终受到人类的偏爱,未曾受过伤害,所以"熊熊"立刻就和罗杰和睦相处了,并爬到罗杰的肩头。考拉如同一大团绒球,带着它并不难,它也没有任何要逃跑的意向,不过为了预防万一,罗杰还是用手抓住考拉的小手。

他们又抓到了几只动物,分别放入4位猎人的口袋。

有一只是袋蝠①,不过是个幼蝠,飞行技术很差,而且年幼无知,没有能力掌握飞行技术。待它长大之后,它会像松鼠或飞狐似的穿梭滑翔于树丛之间。这只小家伙恰好掉到了柏格前面,被当场擒获。

尽管它还年幼,可其袋中已有一只小蝠,小得难以想象,小生命才仅有四分之一英寸长。

现在他们获得了3种长有袋子的动物——袋鼠、考拉、袋蝠。

---

① 袋蝠:一种长有口袋的飞行动物,似蝙蝠。——译者注

24 古怪和稀有的动物

"我忘了,"罗杰说,"长有口袋的动物学名是怎么说来着?"

"有袋动物,"哈尔说,"这里又有一只,叫袋熊。"

袋熊很好逮,它慢而且柔,不在乎人们的摆弄,被放进口袋,也没什么反应。

这个上午看来是专门用来捕猎有袋动物了。下一只猎物是袋貂,帕瓦以他土著人特有的敏锐嗅觉闻到它的味,并从地面的树叶堆中找到了它。它长着一身可爱的毛,长长的尾巴,大大圆圆的眼睛。

"我们给它烤了——味道可美了。"

"这只就别烤了——爸爸特地要我们抓一只袋貂的。"

另一只有袋动物——袋狸——是罗杰发现的,它身体大小像兔子,长着长长的、健壮的后腿和尖尖的爪子,那鼻子就像猪鼻子一样。

捕获有袋动物的工作结束了。下一只俘虏是食火鸡,它能长成5英尺高的个子,像鸵鸟一样勇敢,可对人有危险。它长有一个大冠子,头顶门隆起,泛出浓浓的蓝、紫、绯红色。它已学会像成熟的食火鸡那样喉鸣、吼叫、喷鼻息,并用全力前踢后踹。它眼睛露出凶光,爪子如尖针咄咄逼人。

"我们刚抓了飞行动物,"哈尔说,"现在我们捉的是行走的鸟。"

"食火鸡不会飞吗?"

"还会飞呢?"哈尔说,"它像鸵鸟一样,身体沉重,双翼又短,没法飞。"

这次捕猎十分成功,但最令人惊喜的是捕到一只新几内亚之外的动物。它歇坐在树杈上，吃着果子。

"真是运气，"哈尔惊喜道，"是只猩猩。"

"我原来以为它们寄居在加里曼丹岛。"罗杰道。

"是的，它们住在那儿。但是从加里曼丹岛载运动物的船只在新几内亚的港湾停船休息时，有些猩猩伺机逃掉了。虽然为数不多，但它成倍繁衍，新几内亚可以像加里曼丹岛一样成为它们的家园。它们喜爱森林——实际上，'猩猩'的原意为'林中者'。"

这只动物的反应跟人一样——它丝毫不惧怕面前的人们。

它从树杈上滑下，站起身，6英尺高的个头，乱蓬蓬的红褐色头发又厚又密，脸孔呈深黄色。

但是最令人惊异的，是它足球般大小的巨掌和难以置信的长臂。虽然它笔直地站立，但手指却触及地面。当它举起手臂向外伸直时，其长度达8英尺。

"我从未见过这样的臂膀，"罗杰说，"我可不要让它用长臂抱我。"

"往上看，"哈尔说，"那是它的树房子。我们刚刚看过与大地为伍的鸟，现在又看到了以树为家的兽。它可以在枝与枝、树与树之间随意摆荡，比人的行速快得多。对于体重200多磅的动物来说这简直是不可思议的。"

"它还长着胡须，"罗杰道，"双下巴，就像一个老人。"

"在某些方面，它比黑猩猩和大猩猩更接近人类，"哈尔说，"它的头脑构造更接近于人。"

罗杰从口袋里拿出一个木瓜，伸手递过去。那只猩猩毫无怯

24 古怪和稀有的动物

意地走上前，接过木瓜，咕哝了一句，也许是猩猩语言的"谢谢你"。它吃了一口木瓜，随后看着4位猎人，好像有意入伙似的。

"它或许很孤单吧，"哈尔说，"也许它朋友不多，看看它会不会与我们相处好。"

哈尔轻轻向地面伸出手去，拉住猩猩的大手，帕瓦拉着另一只，一齐向村庄走去，罗杰和柏格牵着袋鼠尾随其后。这支新颖奇怪的队伍在村民中掀起了一阵波动。特得船长乘小艇上岸，把整个动物园搬到了船上。

特得船长特别欣赏猩猩。

"这可是罕见动物，"他说，"它值多少钱？"

"一两万美元之间吧，不过，我想爸爸会保留它一段时间，它也许会成为我们家庭的一员。"

25 鲨鱼之扰

次日,柏格来到船上,带来了噩讯。罗杰在舷梯旁一见到柏格就意识到某些不妙,他的好友双眼红肿,显然是哭泣所致。

"什么事,柏格?"

"我妹妹——死了。"

哈尔走过来,"我好像听你在说你妹妹的事,她怎么了?"

"她在河里游水时被鲨鱼吃了。"

"你敢肯定是鲨鱼?"

"它全身除了头后部以外都是白色的——你们管那部分叫鳍,鳍是黑的。个儿很大,有船这么大,嘴巴有船舱门那么大。"

"听你说的情况像是白巨鲨,"哈尔说,"人们叫它'白死神',是所有鲨鱼种类中最坏的。我去看看——也许你妹妹并没有死,是给吓晕了,她在哪儿?"

"没影了。"

"怎么会没影了?"

"在鲨鱼肚子里。"

特得船长在旁听到后说:"这种事难以置信,肯定是别的什么动物,鲨鱼生活在海洋里,不到河里来。"

"我还是相信他说的,"哈尔道,"你了解大海,特得,但是你对河流可能还不熟悉。鲨鱼可以到亚马孙河上游 2000 多英里的地方，到过恒河，袭扰过河滩上面的游泳者，也出没于淡水湖，比如尼加拉瓜湖。"

"真是胡扯，"船长说，"眼见为实，不亲眼看见，我可不信。"

"嗯，你就会信了，往船那边看。"

老水手望去，果真看见了——一只如潜水艇一般大小的物体显现出来，除露出水面的一块黑色外，周身上下呈白色。

"我得把它带回去，这肯定是条'白死神'，澳大利亚的老百姓叫它'食人魔王'，是鲨鱼中最凶蛮的，体重超过3吨。不过，我不太相信它能活生生地吞下12岁的孩子。"

"据说，白巨鲨曾吞下过一匹马呢，"哈尔说，"快提起精神，船长，它正在咬你的船呢，非咬出个洞不可。"

"我必须制止它。"船长跑下升降梯，随后端着一支步枪上来。他举枪瞄准射击，子弹从鲨鱼盔甲般的皮上滑过，呼啸着飞过村边的小树。

"不许再开枪，"哈尔说，"你这样不但杀不死鲨鱼还会打死人的。我去找件武器来。"

哈尔找来一种名叫致命针的武器，它外观像支注射用的针头，但要大得多。针里面装满了士的宁，用枪发射，它能穿透鲨鱼坚硬的表皮。通常被射进体内的毒液在30秒内就可杀死一只大鱼。

毒针被射入鲨鱼的肋腹部，30秒钟已过，毫无结果。1分钟、5分钟、10分钟过去了，不见任何效用。

岸边会集了一大群村民，男人们有的带着弓箭，一支支离弦

25 鲨鱼之扰

的箭像雨点般飞向他们的仇敌。庞大的鲨鱼毫不介意,有些箭被弹走了,大多数的箭只插入一两英寸深,立在鲨鱼身上,宛如箭猪身上的箭刺。

莫罗——最高大、最勇敢的男人,他体魄健壮,身高近7英尺,这时握着一杆尖矛走近水边,人群欢呼着,一拥上前。毫无疑问,他们的英雄是能够战胜这只魔鬼的。

莫罗没有站在岸边向鲨鱼投掷尖矛,而是勇敢地蹚水下河,走到几乎与鲨鱼面对面的位置。此时,他举起右臂,发达的肌肉在他褐色的皮肤下隆起,用尽全部力量将尖矛向野兽的额头掷去。虽然,尖矛比箭插入得深些,但却没有对身躯庞大的鲨鱼产生丝毫摇撼。尖矛立在额头上,像传说中的独角兽。

莫罗回身向岸边走去,但由于行动不够及时,鲨鱼将尾巴嗖的一甩,将莫罗拦腰击倒,用巨大的三角牙齿插入莫罗的肉体,要将莫罗吞下。

大卫曾经战胜过歌利亚①。可是眼下,3吨重的歌利亚面对的是渺小可怜的百磅重的大卫。为失去妹妹而痛苦的柏格,深感有责任与杀人王拼杀。

"把你们的硬斧借给我好吗?"柏格问哈尔。哈尔明白他指的是存放在船上的钢斧。

"可以,"哈尔说,"但是,你拿它干什么?"

"去杀死鲨鱼。"

"你疯了,如果你们最棒的勇士都办不到,你又怎样干掉鲨

---

① 歌利亚:《圣经》中的大力士,被大卫杀死。——译者注

鱼呢?"

"我必须去试试。"

"但是,你以为鲨鱼会一动不动,让你弄死它吗?"

"是的,我想它准会死的——不过不是你想的那种办法。你能借我斧子吗?然后,再给我一大块生肉。"

哈尔钦佩这孩子的勇气,把他要的东西交给他。

令哈尔惊讶的是柏格这孩子没有走向鲨鱼,而是向河上游走去,游过一段短短的距离,到达一块仅露出水面不足1英尺的岩石,他倚石而立,河水没过他的两膝,只见他一只手紧握利斧,另一只手提着生肉,他在等候着。

与此同时,有一个人躺在下游一个小水湾的岸边,神志不清,他就是卡格斯。原来,"白死神"在去村庄的路上,曾经"拜访"过卡格斯,食物的味道吸引它来到船边。为了能进入厨房,它把船的龙骨撞了一个大窟窿,正当它探头而入时,被岸上的卡格斯发现了。卡格斯刚刚写完日记,将日记本放进始终不离手的文件包里,听到响动后,他将文件包丢在岸上,向船上冲去。他拾起一根沉重的棒子,开始迎战这位不速之客。

鲨鱼对卡格斯不屑一顾,它已经寻到一些吃的东西,此刻正忙于吞咽,鲨鱼对食品结构从不讲究。

然而卡格斯却在不停地击打鲨鱼,使得这只庞然大物开始留意是什么讨厌的东西在惹它,鲨鱼将头从窟窿里缩出来,船立刻沉到水底。鲨鱼虽不能用颚触及卡格斯,但是它又长又壮的尾巴在岸上一扫,一下子将卡格斯击昏过去。他重重地摔倒在地,像死人一般。

25 鲨鱼之扰

鲨鱼稍息片刻，又顺手牵羊地吞下文件包，然后游出小水湾，向上游的村庄游去。一路上它以游泳的女孩为早餐，又吞下了一个企图用尖矛戳杀它的英雄。

站立在岩石上的柏格不需等候很久。

具有敏锐嗅觉的鲨鱼已经来到纵帆船附近，循味上行，奔肉而去。哈尔与罗杰疾速乘小艇上岸，沿岸边向上游奔去。直至接近岩石处，以便在必要时解救柏格。

鲨鱼与柏格间的距离在不断地缩短，这时，柏格不停地挥动着生肉，借以诱惑鲨鱼，同时向后挪动着。

猛然间，"白死神"从水中跃出，全速向前扑去，那张开的大口正欲接受这块精选的肉，柏格又后退了几步，就这样，柏格始终与它保持着一定的距离。结果这条3吨重的大鱼一直扑到岩石上，终于搁浅了。它用巨大的尾巴抡击着河水企图退下水去，水面泛起一片片水沫，然而一切都无济于事，沉重的身躯一直无法移开。柏格为妹妹复仇的时刻来到了，这个恶贯满盈的大坏蛋要听命于柏格了。

"真聪明，柏格真棒，"哈尔说，"他以智慧取胜。"

"我们不能帮他一下吗？"罗杰问。

"如果需要，我们一定要帮。不过，我想他还是愿意独立报仇，他曾想取下个人头来证明自己是男子汉，你劝阻了他。现在他要用另一种方法来证明自己是个男子汉。我看他打算取下一个头，但绝不是人头。"

"你是说鲨鱼头。但即使用那把利斧，他也砍不下鲨鱼头。"

"等着看吧。"哈尔说。

柏格靠近鲨鱼，抡起利斧朝鲨鱼的脖子砍去，却被鲨鱼坚硬的表皮弹了回来。

"你看，我刚才怎么告诉你的？"罗杰道。

"再等会儿。"

斧子在空中挥上挥下，柏格终于劈开了鲨鱼的盔甲。

"怎么样，罗杰？"

"他干得不错，但是还有更硬的呢，他劈不断那骨头。"

"你难道忘了？鲨鱼没有骨头，只有软骨，比骨头可软得多。"

一斧又一斧，每一斧都是致命的一击。

"天啊，柏格杀死了鲨鱼！"罗杰惊呼道。

"杀死了，但还未死。"

"你这话是什么意思？鲨鱼不是死就是活，怎么会又死又没死呢？"

"问题不那么简单，"哈尔说着并向柏格高喊，"当心！别碰鲨鱼的嘴！"

罗杰大感不解地问道："如果是指教的话，这简直是庸人之见，死鲨鱼还会咬人吗？"

哈尔无须回答。那巨兽的嘴突然张开，又咔嚓一声合拢，猛烈的响动传遍全村。

"这是怎么回事？"罗杰思忖着。

"难道你不记得亚马孙河的皮兰加雀了吗？当时我们剁掉了它们的头，它们的嘴仍不停地一咬一咬的，足有半个多钟头。是一种神经作用及反射能力。你不也亲眼见过蛇被砍成两截之后却

25 鲨鱼之扰

依然继续蠕动。"

帕瓦从村子那边奔跑过来,"我们在河岸上发现了一个男人,横躺在那儿像具死尸。不是褐色的,肤色更像你们,所以我们把他拖到你们船上放进船舱了。也许你们可以用好药把他救活。"

人们早已开始帮助柏格将巨大的鱼头搬上岸来,同时提防着那一张一合的鱼嘴。鱼头被放置在村头的大鼓边,男人、妇女、儿童们围聚在一起,载歌载舞欢庆孩子征服巨兽的胜利。柏格此刻是一位男子汉了——他无须再去掳人头来证实自己的能力。

哈尔和罗杰挤过人群向柏格表示祝贺,船长也一个劲儿地夸奖柏格。

祝贺之后,哈尔把船长拉到一边儿:"船舱里的那个人到底是怎么回事?"

"真搞不清你在说什么。我一直在岸上看柏格。"

"嗯,那我们最好上船去看看有什么办法。有人出事了,后来村民们发现他昏倒在岸边,所以把他送到船上,好让我们医治一下。咱们去看看吧。"

卡格斯艰难地挪动了一下身体,睁开两眼。他呻吟着,全身疼痛。出了什么事?他模模糊糊地记起自己被鲨鱼击中了。

可是,他又怎么来到这儿的?这地方仿佛有些熟悉,像是"飞云号"的舱室。总之,他被送到自己仇敌的手中了。

舱室的门开了,3个人向舱内望去,卡格斯蒙住自己的脸。哈尔走上前来,揭去蒙布。

他转向身后的两人说道:"你们想不到吧,是卡格斯。"

"不可能,"船长说,"我们把他送去终身监禁了。"

卡格斯发出呻吟。

"你们看看吧,"哈尔说道,同时拉开那人的衬衫,只见整个胸部被打得紫青。哈尔用手探摸着,寻找断骨处。"没有伤及肋骨,"哈尔道,"他只是肌肉重伤。罗杰,给我拿搓剂来。"

"等等,"船长说,"这个人曾打算要杀死我们仨。现在,你们控制了他——你们不许给他生路。把他扔出去,他是只畜生——就应让他像畜生一样被淹死。"

卡格斯吃力地发出声音,说道:"我发誓,我从未想伤害你们一根毫毛。"

"你怎么从监狱出来的?"

"我是由于表现好被释放的。"

"难以想象你在狱中或狱外会有什么好表现。"

"可是你们不了解囚禁会对人产生何等的作用,"卡格斯说,"囚禁可以改变人,令人去思索,给人以新生。"

"你为什么到这里来?难道不是你一直在追踪我们吗?"

"根本没有。我干吗要追踪你们?我已经原谅你们了。我只祝愿你们——愿上帝像拯救我一样也拯救你们。"

"好吧,那你来此干吗?"

"你们不是都了解嘛,我以前在这一带海岸边做珍珠生意,"卡格斯说,"我很熟悉新几内亚,了解当地人们的需求,我来这儿是要当传教士,把他们从异教中解救出来。"

"满口胡言,你说得多动听!"船长勃然大怒,"你来这儿是为了给我们发放通行证去西天或其他什么鬼地方。"

卡格斯哭诉着说道:"我怎么知道你们也上这儿来了呢?"

25 鲨鱼之扰

"你从报纸上便可得知。每只船的目的地都登在报上。"

"而且从你一到此地,就一直偷偷摸摸地尾随我们,寻机搞掉我们,"哈尔边说边用药按摩卡格斯受伤的肌肉,"是你从背后对我射冷箭,是你设路绊企图杀死罗杰,是你给帕瓦下的毒。"

卡格斯说:"我真不知道你们从哪里得到这些想法的,这些指控,你们没有哪一个能提供证据,我可不是那种杀人成癖的家伙。"

"是吗?有证据说明你已经干过4次谋杀了。"

"我要告诉你们——那都是过去的事了。现在我已经脱胎换骨了。我要求你们证实我有过什么要伤害你们的意图,拿出确凿的证据来。否则我可以叫人拘捕你们,并以损坏名誉罪审判你们。"

柏格出现在门口。"你们看,这是我们发现的,"柏格说,"就是这个东西。"他举起一件像文件包的东西,"我们将鲨鱼切开了,找到了我妹妹和莫罗的尸体,还有一些不属于我们村里人的东西,还有一些不是石头做的锅、盆之类的东西,当然还有这个。"他举起那文件包,"我们也不知道它有何用,所以就给你们送来了。"

"还给我,"卡格斯说,"那是我的。"

"看来你急于要得到文件包,"哈尔道,"也许最好该由我们来看。"

卡格斯反对道:"那是私人内容,你们无权审阅。"他探起身,企图伸手抓到那文件包。哈尔将他推倒在床上,卡格斯不顾一切地要起身。"看住他,船长,我们要看看这里面的内容。"

船长一屁股坐到卡格斯身上，船长沉重的身体足以让卡格斯俯首帖耳了。卡格斯蠕动着，尖叫着，但一筹莫展。

哈尔打开文件包，里面仅有一本书。

"怎么样，看见了吧？"卡格斯说，"没有什么令你们感兴趣的，给我文件包，这是我的财产。"

哈尔正欲合上那公文包，这时罗杰说道："那本书，看上去像个笔记本或日记本。最好看一下。"果然是日记本。哈尔眼前一亮，他发现了一个名字——亨特。他读出声来："'我认为今天我击中了亨特——那个大的。真希望有支枪，那我就能杀死他了。可惜，我只有从巫医朋友那里借来的弓、箭，那巫医也恨亨特他们。亨特那会儿正在忙于和科莫多巨蜥扭打，我从背后击中了他——干得漂亮。他摔倒在地，被人们抬回村去。我偷偷地尾随在后，看看人们是否把他埋葬了。可是，他们却把他抬上了船。此刻我也不知他是死是活。我希望他已死——因为只要他还活着，就有可能找到我并把我送回监狱。'"

"挺有意思，"哈尔说，他随手翻动了几页，"这又有一段精彩的。

"'今天，我想出了一个高招去杀那个小亨特。我做了一个木桩阵，足能砸死一打亨特，把启动线横放在路中间，那个土著人脚触及了那根线，树桩随即滑下，但是那亨特动作极快，闪过木桩，木桩落在他们俩之间，只擦伤了亨特的脚。没关系，我还要干下去。至于那个大的，一直未见露面。或许他正卧床，或许他的尸体在夜间被扔入河中。陆地上看不到任何埋人的痕迹。让我处于这种不明结果的处境太糟糕了。我到底杀没杀死他？'"

25 鲨鱼之扰

哈尔又翻了几页，看到了帕瓦的名字，继续读道："'今天我可干了件落实的事。这个村的村长是一个他们叫作帕瓦的人，他始终在保护着亨特，所以我决定干掉他。趁周围无人，我溜进他的小屋，在他的汤里放了毒。土著身体相当结实，不过毒药的剂量大，足以了结他的性命。不过，没见到大亨特的任何蛛丝马迹。船长还到处活动——我还得提防他。关于我的事，他知道得太多了。'"

几页之后：

"'现在，我终于办成了，总算可以安心睡大觉了。今晚，我落实了一切，我的朋友，那位巫医送给我一袋儿'眼镜王'蛇蛋，足有40多只，都快孵出小蛇了，每条蛇都含有致命的毒液，几分钟内便可杀死人。我将口袋打开后，从舷窗里扔进船舱，听到了蛇蛋撞击舱壁后蛋壳破裂的声响。有这样40条蛇遍布于舱室里，就像冲锋枪扫射一样，足以杀死那两个小崽子和船长。对，还有那村长。现在，该是我享受人间幸福的时候了。我要驾艇重返星期四岛，改头换面，重操旧业，做珍珠生意。我很欣赏自己，有谁能像我这样干得干净利落？杀死4个，却不留下任何蛛丝马迹。'"

哈尔看着卡格斯笑道："并不像你认为的那么干净利落。你不是要求证明你的凶杀企图吗？所有的证据全在这小本子里了。"

"但是，那是我的财产，你们无权占有，你们又不是警察。"

"别着急，"哈尔说，"我们会交给警察的。"

"把他关起来。"船长说。

一想到像野兽似的被锁进铁笼里，卡格斯感到一种从未有过的沮丧。

"要把他关起来,"哈尔说,"不过首先要给他治疗一下。"哈尔拿着药膏瓶开始为他上药。

"愿天下的大傻瓜们走运,"船长道,"此人这么坏,一直想杀你,你还要如此待他吗?"

哈尔答道:"对疯狗,我也会这样做的。"

26

装人头的屋子

卡格斯的身体恢复之后,被从舱室转移到后甲板的禁闭室里。他透过铁窗缝问道:"你们打算怎么处理我?"

"带回布里斯班,交给监狱当局。"

卡格斯大笑,"说这话为时还早,你们甭想把我送回监狱。"

"你无法阻止我们。"

"是无法,"卡格斯自己也承认,"但我会想出办法的。"

特得船长越来越感到忐忑不安,他向哈尔抱怨道:"这船上装满了动物,像个大型马戏团,我们何时起程返航?"

"差不多了,"哈尔说,"爸爸要的东西几乎全齐了,还差食人部落的人头、海象、虎鲨。"

"你怎么还想得到人头?自己动手去搜集人头吗?"

"不是自己动手。特姆贝兰里有的是。"

"你还真敢想,他们会让你拿吗?别忘了,那间神屋里的每一个头颅都是死人活着的神灵。土著人对这些神灵是惧怕的,他们认为如果惹怒了这些神灵,它们会钻出头颅惩罚全村人的。"

"我知道。此事不易,我得去和帕瓦谈谈。"

哈尔与罗杰登上岸,走近神屋,高高的正墙发出耀眼的色彩,特姆贝兰的门敞开着,于是他们走了进去。室内的一侧摆满了几百个头颅,圆睁着黑洞洞的眼睛迎视他们,室内的另一侧则放着一堆堆的人骨。

"这让我感到瘆人,"罗杰道,"这说明这些人相当野蛮、不开化。在英、美等文明国度里绝无此事。"

"你再想想,"哈尔说,"美洲也有藏骨的洞穴。"

"藏骨的洞穴是什么?"

"装满死人的墓穴。在英国,你不记得到过肯特郡海瑟教堂的地下室吗?在那儿我们不是也看到据说是世界上最大的人类头颅的汇集地吗?那里放置着2000多个头颅和8000多条腿骨。当墓地挤满之后,他们从墓地内挖出骨架并放到地下室里,以便在墓地埋葬其他人。而且那座小镇的人也认为,2000个头颅都是各自的鬼神,每晚半夜时分都可看到它们排成长队庄严肃穆地在教堂周围行走。至于说不开化,恐怕我们各位都还保留着那么一点儿。"

他们在昏暗之中向回走,突然,死人中站出一个活人向他们走来,罗杰被吓出一身冷汗。"咱们快离开这儿。"罗杰督促道。

"别忙,那是帕瓦。"

那人走到明亮处,他们看清了的确是帕瓦,不是什么鬼。

"帕瓦,"哈尔说,"我们正要找你。我们的父亲叫我们带些头颅回去,你说我们可以买几个吗?"

帕瓦思索了一阵,随后带他们走到特姆贝兰的另一端,架子上有一些3倍于人头的头颅。

"那些头肯定是巨人的吧。"罗杰说。

哈尔仔细地审视头颅后说:"这些是野猪头。不要了,我们需要的是人头。"

26 装人头的屋子

帕瓦摇头。"野猪头的神小而弱，"他说，"而人头之神是强大的，会带来很大的伤害。我们不能卖给你们人头，它们的神灵会发怒的，它们不愿意被出售。它们会钻出头颅向我们，还有你们报复的。那样，咱们就都会陷入困境的。"

"不过，我们会很好地待它们的，"哈尔说，"也许它们会乐意旅行，到我们那片土地上去看看所有新鲜的事物。也许它们还会感谢我们呢。"

帕瓦严肃地点着头，说："也许你说得对，我们确实也想从特姆贝兰里搬走一些，地方太拥挤了，我们需要更多的地方。每年我们都有一战，所以我们需要有地方放新头颅。我们不能卖给你们——也许我们送些给你们，那些神灵就不会动怒了。但必须是我们敌人的头颅，对于我们自己人，那些智慧之人，我们要保存并纪念他们，这是我们的心愿。在这儿等会儿，我去和村里的其他男人谈谈。"

半小时后，帕瓦回来了，一脸笑容。"他们同意了，"他说，"但是你们必须参加跳舞。"

"跳什么舞？"

"向神灵告别之舞。然后，我们还要给它们喂食，以免它们在漫长的海上航行中饥饿。"

罗杰正在一堆堆的骨头中翻找着，突然间高喊起来："这骨头肯定是哪个庞然大物的，看看吧。"

他用力去抬那骨头，然而却对沉重的骨头无可奈何。

"你说这是什么骨头？"他问哈尔。

哈尔以极大的兴趣仔细看了看那骨头，兴奋地说道："你说对了——确实是巨物的,但不是巨人的。这是只柱牙象①或猛犸②的腿骨,我还辨不出到底是柱牙象还是猛犸的。如果这里的人愿意放弃它,我们可以把它送到某个博物馆。咱们把它搬出去,和那些送给我们的头颅放在一起。"

两个孩子,又加上帕瓦,3人合力去搬那骨头,却依然挪不动。

"怎么这么沉?"

"其中部分已经石化了。"

罗杰惊讶地问:"石头怎么能钻到动物腿里呢?"

"骨头中有许许多多的孔。水能渗出到地层下,也能渗透骨头,有时水还挟带一些矿物质,比如铁、石灰、石英、燧石、玛瑙。这些物质积存在骨间,自然增加了它的重量。当然这是化石。在亚利桑那③石化森林中,你看到过化石丛,已不再是什么树木,而是结结实实的石头了,树木已坏死,树叶间的洞被填充了,于是最终使树木变成了石木。眼下也是同样的道理,我们要搬的不再是骨头,而是石头。所以它才这样重。"哈尔转向帕瓦,"你们愿意让我们把这骨头买走吗?我想恐怕腿骨里不会有神灵。"

帕瓦叫来七八个男人,大家齐心协力把大石腿搬到屋外,放在阳光下。

---

① 柱牙象:一种现已灭绝的哺乳动物。——译者注
② 猛犸:已绝种的古代长毛象。——译者注
③ 亚利桑那:美国一州名。——译者注

26 装人头的屋子

本村人先辈的头颅都被涂成各种颜色，可是敌人之头却得不到此殊荣。哈尔打算让国内的人了解新几内亚土著的艺术作品，所以便问帕瓦，能否将所选头骨也涂上颜色。帕瓦点头应允并差人去叫村里的艺术家。

艺术家本人从头到脚涂满了鲜艳的颜色。

兄弟俩观察着艺术家的准备工作，颜色嘛，从哪儿取？最近的颜料商店也要在千里之外，所以必须就地取材。鲜亮的红色取自某种灌木的豆荚，白色取自石灰石，黄色则产生于某种黏土，为了制造黑颜料，一个男孩咀嚼着几块沥青和一些深绿色的树叶，最后形成一团柔软的黑泥浆，他才吐到石碗里。而艺术家用的刷子则是用鸸鹋的羽毛做成的。

最后的创作结果令人眼花缭乱。每一个头颅的面部都像整装待战的新几内亚勇士一样被涂上颜色。为了在空洞洞的嘴里装上牙齿，鲨鱼牙也给用上了，每一个阴黑的眼窝都被塞上一块闪光的贝壳，整个面部呈现一副怪诞惹眼的神态，那样子足以震慑任何敌人。眼睫毛也给粘贴上了，所用材料是黑蜘蛛的腿。

接着开始为即将远征去异国的神灵们喂食。对于那些被称作美洲、欧洲的地方，土著人的脑子里毫无概念，不过是些村落，那里的人娇弱，必须靠衣服来御寒，他们的肤色病人似的白皙，不是健康强壮的褐色。在那里，神灵们肯定找不到好吃的东西，所以必须让它们饱餐上等食品之后，方可送它们上路。于是，一堆接一堆的甲壳虫、蜘蛛、蝎子、黄蜂、蛞蝓、蜗牛以及其他的精美食品被端上来，放在头颅前。要等候片刻让神灵们吸收食物之魂灵。随后，那些食品被村民们风卷残云般吞咽而光。

告别舞开始了。舞蹈者面部都涂上头颅上涂的颜色，有所区别的是，在他们的头发丛中插上了二三英尺高的美丽的极乐鸟羽毛。村庄的大鼓擂出舞蹈的节奏，土笛发出刺耳的尖鸣，以鳄鱼皮代替羊肠线制成的土吉他发出悲哀的低音，众人则都在声嘶力竭地呼喊。好一场惊天动地的喧闹，哈尔思忖着，这些头颅之神灵离开这喧嚷的地方，永不回还，它们会心花怒放的。

告别活动在一阵狂饮之后结束了，饮料是发酵的白椰汁——汁液不是取自椰子内而是取自椰果梗，在砍摘椰子时，果梗溢出稠稠的白汁，露天晾放一两天就会酿成类似烈酒的饮料。

助兴的人们疲惫了，回家了。有几位留下来协助哈尔等人将头颅及石骨送到船上。

27 深海的奥秘

娇弱的白脸人告别了他们褐色皮肤的朋友,驱船顺河而下驶入大海,去寻找只有深海才有的动物。

兄弟俩披挂上全套潜水装(氧气瓶、面罩、加重腰带、潜水脚蹼)潜入阿拉佛拉海暖融融的水流中。

透过雾一般的海水,他们隐隐约约地看到另外两个潜水者,这使他们不胜惊讶。那两个潜水者既不背氧气瓶,也不戴面罩,更不穿脚蹼,只配有一扇宽大的尾翼。它们有一双手,可是看不到脚。它们不像海洋生物那样横躺于水中,而是垂直而立。如果它们确属人类,那一定是巨人,因为他们的身体高大,有 10 英尺高。

罗杰当然从未见过这类东西,可是哈尔凭借他较多的经验猜测出它们是什么动物。早在 15 世纪,就有水手看到过这类动物出没,在波涛中露出它们的头及肩膀,双手抱着自己的幼崽。水手们把它们当作传说中的美人鱼。若是这些水手能看到它们藏在水下的躯体,就会认为它们那臃肿沉重的体态根本不可能是动人心魄的美人鱼。它们每只至少重一吨,嘴唇上部长着胡须。一位美丽的淑女怎么会长胡须呢?此外,它们也并没有长着人们所崇拜的金黄色的头发。

不过,它们手中所抱的孩子却令它们呈现出人类的形象。而

27 深海的奥秘

且它们也不可能是鱼啊,因为鱼不可能将头露出水面呼吸。所以千百年来流传着关于海妖的故事,这些妖女可在水上或水下同样悠然地生存,也许它们在海底有自己的皇宫宝殿;也许它们与海王在那里过着奢华的生活。

当兄弟俩靠近之后,它们看到虽然那两只人鱼都长有胡须,可是雄性要比雌性个儿高,并长有一对10英寸左右的长牙。母亲怀抱婴孩儿,父亲浮出水面捕食漂浮的海藻。当丈夫返回时,妻子将孩儿交给当爸的,孩子便开始吮食。它们处于水下时,鼻孔紧闭;浮上水面后,就张开鼻孔,深深地呼吸。看来它们还戴着眼镜,浮出水面,他们摘掉眼镜,潜入水中,戴上眼镜。实际上那是一副眼镜似的透明眼帘,保护它们的眼睛在水下不受咸水的浸润,而且有助于扩大视野,其道理如同潜水员的眼睛需要保护才能看清一样。

哈尔开始往上游并示意罗杰跟上,待它们从水面上露出头时,就可以交谈了。

"它们究竟是什么?"罗杰问。

"儒艮[①],"哈尔说,"通常被叫作海牛。爸爸叫我们捕捉一只。"

"应该很好逮吧,"罗杰说,"看上去,它们一点儿也不怕我们嘛。"

"或许它们把我们当成另外两只海牛了。"

"海豚和鲸要到水面上来呼吸,海牛也一样吧?"

[①] 儒艮:海洋哺乳动物。——译者注

"不。奇怪的是,它们最近的表亲是大象。许多年前,它们与大象一起生活在陆地上,它们和大象都喜欢下水游泳,后来海牛对水越来越喜爱,最后就决定永远栖游在水里了。所以,在以后的千万年里,它们的双足退化掉了,两臂变成了掌蹼,不过还存有胳膊的样子,所以仍能抱住孩子或其他它们想携带的东西。它们只哺育一个孩子,终身关怀备至,如果有人抱走它们的孩子,它们会紧随不舍,并泪水横流,非把孩子救回不可。如果我们能把那孩子搞到手,带上船,它们的家长一定会追上来,那会儿我们或许能抓一只,再把它吊上船。"

"我从未听说过这么残忍的行为。"罗杰道。

"为什么说残忍?"

"如果确如你所说,它们爱子情深,那要拆散它们不就太残忍了?"

"说得不错,"哈尔承认道,"我们要么带走它们一家,要么一只也不逮。"

可是做起来谈何容易。孩子得到父母的严加保护,兄弟俩等了足足半小时,那小家伙才被放到水下捕食海床上的水草。趁其父母转身之机,哈尔抓住小家伙并向水面游去,其父母双双迫不及待地追了上来。哈尔一到船边就呼喊特得船长快放起重机。

"这儿有个重东西要你吊一下。"

"又是什么?"特得抱怨道,"船上的东西已经够重的了,船都快沉了。"

"再装两吨吧。"哈尔说。

船长一边嘟囔着,满心不快,一边放下吊环,哈尔将小海牛

27 深海的奥秘

套好拉紧。

"吊吧！"哈尔说。

当这件小货物吊上船后，船长禁不住惊呼道："这是我所知的最小的两吨重物。"

"还有呢。"哈尔道。

两只海牛已凑近船边，眼望着自己的孩子消没在船舱里，泪水沿它们的双颊扑簌而下。难怪人们称它们是"哭泣的鱼美人"。它们是温和安宁型动物，不愿闹事，不过哈尔还是小心地避开雄海牛尖利的牙锋。

哈尔将绳索套住雄海牛的头，抽紧索扣。"吊！"他喊着，于是海牛爸爸被吊上去了，继而海牛妈妈也被吊上去了，快乐的一家又团聚了。

开始，它们并不快乐，因为它们发现自己到了一个完全陌生的世界，被放进装满水的池中，池内不见任何海草或海藻。一只大海牛每天要吃200磅食物，兄弟俩立刻着手采集海草并把海草装进从船上吊下来的大木桶中。

兄弟俩又潜入深水，这一次进入了一处高200英尺的海底山峡，在水的压力下游到海床底还是相当费劲儿的，罗杰到达目的地时已精疲力竭了，这种超负荷深潜的滋味令他终生难忘。

罗杰处于氮麻痹状态，也称深水麻木症，得了这种病后潜水员会感到欢快、无忧无虑、无所顾忌。罗杰进入了自己想象中的神话般的仙境。

在他周围是各种翩翩起舞的影子，虽然他心里明白这些并不存在，可是一切都栩栩如生、活灵活现。他伸手去抓，却触摸不到。随后他发现那些身影并不是什么秀女而是摇头摆尾的蛇群。啊不，是海牛，可又不见有头。

罗杰明白自己出了什么事，决定浮出水面，可是不但没有游上去，反而一屁股蹲到海床上，双脚在不停地踢腾，两臂挥摆。虽然他感觉自己一步步向上漂去，可实际上是在抓挠着地面。皮肤被压紧了，口里翻出一股苦味的东西。他想摘下氧气嘴，不再吸进从瓶子里输出来的氧气，而吸入那美丽纯净的海水。

罗杰自我感觉仍在上升，但是却被有一扇门那么大的白布所阻拦。不，是自家房屋的天花板，室内灌满了水，天花板挡住了他的出路。

他打算劈开一个洞口，于是拔刀出鞘。当他用力向天花板戳去时，却发现根本不存在什么天花板。刀不知怎么也放不回刀鞘——于是他随手将刀丢掉。不能入鞘的刀要它有何用？而且连天花板都砍不动？

他在水中可以一望千里。他看到了艾兰顿村、帕瓦、柏格，他开口与他们交谈，却听不到他们的回音。

继而，他看见了汪洋一片的水中满是橡胶脚蹼，上下拍打。是哈尔，可无头无身——只有脚掌，成千成万的脚掌。

他盼望着伏地而眠，现在他到了自己的床上，舒适惬意的床。可是却有人硬将他拖到床下，为什么不让他休息？吸氧管从口中滑落。

又有人将它塞入口中，并把他拉向更高处。氮麻痹状态逐渐消退了，异样的感受全部烟消云散，幻觉中的东西无影无踪了，只有哈尔在拖曳着自己，摇晃着自己，让意识充分复原。他应感

27 深海的奥秘

谢哈尔，可又觉得离开了那仙境般的海底世界，真有点儿叫人遗憾。

"你刚才晕乎得够厉害的了。"哈尔将罗杰送到"飞云号"甲板上，对弟弟说道。

"嗯，"罗杰说，"那是一处令人心旷神怡的地方，我真想再去一次。"

"你差点儿就回不来了，我找到你时，你自己以为是在游水，实际上像寻找黄金似的在挖沙土。吸氧管也从嘴边掉了，再迟几秒钟，肺部就会充水，等待你的只有体面的葬礼。"

"真高兴你及时赶到了。"罗杰说。

"现在感觉怎么样？"

"很好。咱们再下水吧。"

"当务之急是吃饭，夜里再潜水。水下之夜可以看到白天永远看不到的奇妙景象。"

28

水下之夜

当兄弟俩潜入深水之后,丝毫没有黑暗之感,而是进入了一片光的世界。他们带的照明灯,也派不上用场。水下遍布着众多的星星点点之光,令他们感到自己仿佛游历在银河之中。

星光五颜六色,红、黄、绿、蓝、淡紫。闪着磷光的鱼相互映射;一只"灯"鱼缓缓游过,两侧一排排的光点好像舷窗里射出的灯光;海虾发出闪光的火焰;水母发出丝丝银光;"深海之龙"尤为壮观,身上放出一排排绿色和蓝色的强光;"蓝胡子"炫耀着它们熠熠生辉的胡须;鱿鱼用镶有光环的眼睛四下窥视,它们的触须上闪烁着斑斓的星点;蟾鱼双唇闭合时不显现任何光亮,可张开口时牙齿就像一串珍珠似的发出夺目的光彩。

所有这些动物都栖息在深海的黑暗之中——所以它们需要光。但是为什么光亮有白有黄有红有蓝又有绿,科学上还未能有充分的解释。

又有一条鱼,好像用渔竿在它前面吊着一只小电灯泡一样的东西,于是一条小鱼被吸引过来,可光亮一晃而逝,小鱼已进入大鱼的两颌之间。

最惊人的是声响。有人以为水下是"一片寂静"。其实不然,响声四起,当一切夜食动物都行进在觅食路上,声音尤为响亮。

兄弟俩听到神秘的咕哝声、咀嚼声、呼噜声、叫声、鸣声,

28 水下之夜

但无暇去寻根求源。一只鹦嘴鱼正在吞嚼珊瑚，口中发出阵阵引人注意的声响；会咕哝的、会叫的、会嘶鸣的，还有的像校长训斥学生一样，也有会敲鼓的；海豚在喷气，爱唱的在引吭高歌，爱饶舌的老太婆在喋喋不休地唠叨。

罗杰用臂肘蹭了哈尔一下，示意他往上看。上方很像一块天花板，又像有人从天花板上往水下射出灯光。

哈尔明白了那是条"月亮"鱼，圆圆的身躯，直径10英尺，呈扁平状。它的名字起源于它那圆形的身体和发出如同月亮般的寒光。

那鱼看上去只见一个头，它年幼时长着的尾巴已像蝌蚪那样退掉了，他们看到的这个大头，实际上已包括了肚子和其他脏器。在其扁平躯体的边沿露出两只小眼睛，两侧那小得几乎让人注意不到的鱼鳍推动着一吨重的大鱼在水中缓缓游动。

一只长着驼峰的鲸在旁边游过，口中发出歌唱之音。许多年来，人们就知道鲸可以发出声响，布朗克斯动物园的科学家曾记录下鲸发出的声响并发现这种声响有很强的音韵。大多数鸟类的鸣唱只持续几秒钟，而鲸的歌声可持续7~30分钟。曾经有一位音乐家听过鲸"唱歌"的录音，欣喜之余他专门创作了鲸协奏曲，并由纽约交响乐团演奏。而且人们还从几百个小时的录音磁带中选出最佳的乐段制成一张叫作"鲸之声"的立体声唱片。

组成巨大的珊瑚世界的那些小珊瑚动物，白天是看不到的。到了夜晚，它们纷纷钻出各自的洞穴，摆动着触角，捕捉比它们小的食物。可是令哈尔和罗杰遗憾的是，珊瑚虫旁有不少杀手在游来荡去，它们专门杀害这些珊瑚的建设者。杀手就是"刺王"——大星鱼。这个凶魔已将大堡礁的不少珊瑚变成了死气沉沉的沙漠。"刺王"的饮食方式极怪,它先将身体铺展开,将胃翻出在外,把所及之物统统揽入,消化之后才将胃收回体内。这种动物繁衍神速,成倍增长,要不找到什么方法克制它的话,那美丽的珊瑚世界就有可能被吞掉。

哈尔曾听人说过,"刺王"的天敌是棱尾螺,一种水生贝类动物。那美丽的贝壳价值 15 英镑,或许还要贵。全球成千上万的人争相购买,用来装点各自的家居。由于过多的采集,棱尾螺已变得稀少了。随之而来的是,"刺王"激增并毁灭了关岛沿岸 90% 的珊瑚礁以及大堡礁 300 英里长的珊瑚群。

哈尔直潜水底,寻找到一只棱尾螺,带着它上浮,并把它抛到一只"刺王"身上,棱尾螺当即将"刺王"一掀,使其背朝上,接着吞食其内脏,三下五除二不到 5 分钟就消灭了"刺王"。

要想消灭这种凶杀魔,哈尔心中暗想,就要建立棱尾螺养殖场,培养出千军万马,哪里有"刺王",就把它们送到哪里。哈尔相信父亲一定会乐意开办这种养殖场的——所以他重又潜入海底,搜集了十几只棱尾螺,放入随身携带的口袋里。这十几只棱尾螺经过精心照料、饲养之后,将迅速地成倍地增长,变成几千只。如果其他的动物收藏家也如此行动起来,就有可能挽救众多美丽的珊瑚礁。

哈尔游到弟弟身旁,发现罗杰正在观看一场巨人之战。一队鳄鱼组成的强兵勇将正在与一队虎鲨进行搏杀。

这一带海域的真正主宰实际上是成千上万只 30 英尺长的咸水鳄鱼,它们对所有到水边来饮水的生命都构成巨大的威胁。到

28 水下之夜

水边取水的妇女及下水捕捞的男人，都难免人倒船翻，丧命于饥肠辘辘的鳄鱼腹中。

眼下哈尔与罗杰正在观战：鳄鱼碰上了势均力敌的对手，敌军是几百只虎鲨——它们并不只是由于凶猛残暴而得此名，还由于它们身上长着虎皮似的条纹。虽然与体宽力大 30 英尺长的爬行动物相比，约 14 英尺长的虎鲨显得体积小些，可是虎鲨却以速度弥补了长度的不足。根据对其进行的短途冲刺测量，虎鲨的速度约为 50 海里每小时。

此刻，虎鲨正闪电般地在鳄鱼群中翻腾跳跃，虽然鳄鱼行动迟缓，可是也不时地咬着一只只虎鲨。

虎鲨专找鳄鱼软弱之处——身体下部，虎鲨那犀利的能穿透乌龟盔甲的牙齿像钢锯似的在鳄鱼腹部刺开一个个大洞，虎鲨的牙齿长得向里凹，所以被咬之物无论如何是难以溜掉的，人有 28～32 颗牙齿，而虎鲨的牙齿多达 280 颗。

在爪哇附近的海域，虎鲨已成功地赶跑了鳄鱼，眼下看来也想在新几内亚水域重建功勋。然而在此地，虎鲨却要大失所望了，因为这一带的鳄鱼的身躯比其他各地的都大，力量更强，更凶残。如果是在 3 亿年前，虎鲨或许还能成功——3 亿年前，虎鲨体长 100 英尺左右，每颗牙齿有人的手掌那么大，它们喜食恐龙肉，恐龙的灭绝与它们也有部分关系。

虎鲨的胃容量惊人，从海豹、鳗、乌龟、鸟类到妇女、男人、儿童，以至电鳐、金属罐、煤块儿，无所不食，在德班[①]捕

[①] 德班：南非港口城市。——译者注

到的一只14英尺长的虎鲨腹中，发现了鳄鱼的头及前肢、羊后腿、3只海鸥、两罐豌豆、一盒烟罐。曾经有渔民捕获过一只9英尺长的虎鲨，剖腹后，从中发现一只6英尺长的鳄鱼。让澳大利亚海滨的沐浴者最为担惊受怕的就是虎鲨，它们为数极多而且贪食无比。一些浴场用铁网阻挡虎鲨侵入，可是这些铁网往往被虎鲨咬食。

对于度假者来说，乘小船出游是十分危险的，虎鲨会将船上的人撞入水中，然后美餐一顿。

这些虎鲨凶猛至极，甚至到了咬食幼鲨的程度。子鲨刚一出世就必须立刻学会自我保护，否则一旦它闯入亲生母亲的觅食路径，就会葬身于生母之腹。

交战的两军激战正酣，无暇顾及两个孩子。可是有一只逃避追杀的小虎鲨游近了罗杰，罗杰一把将其抓住，塞入袋中。父亲曾告诉他俩带回去一只虎鲨，虽然这只小了点，但却恰到好处，它可以在水族馆长大，生存的时间也会更长。

尽管虎鲨不遗余力地拼杀，还是败给了鳄鱼，它们不得已只好掉头逃窜，消失在汪洋大海之中。这时，鳄鱼才开始注意到两个孩子。

哈尔和罗杰转身向船游去，鳄鱼紧随其后，然而它们未能赶上来，兄弟俩到达软梯旁，一个紧跟一个地攀上船，将鳄鱼甩在身后。

"嘿嘿！真险啊，"罗杰气喘吁吁地说道，"今天晚上我可过瘾了。"

哈尔也有同感。

29 船上火灾

船上的野生动物都要进晚餐了,哈尔和罗杰分头给它们喂食。

哈尔打开铁栅栏的扣锁,递给卡格斯一盘食物,随后关上门,上了锁。

"连把饭叉都不给吗?"卡格斯说,"是不是让我像船上装的动物那样进食?"

"我给你找把叉子来,"哈尔说,"但是说起动物来,你是这船上最凶猛的。"哈尔找来一把叉子,从铁栏杆中间递进去。

"我反对你把我同野兽相提并论。"卡格斯说。

"我确实不该那样说,"哈尔答道,"不该拿你与动物相提并论,它们可比你好多了。它们诚实,而你却虚伪;它们从不掩饰自己,而你这个杀人犯却要假充圣人;它们吃人是为了觅食,不是杀人,而你杀人成癖。所以不用把它们关起来,而对你则必须囚之以笼。"

"你不认为只要我想出去就可以从这儿出去吗?"

"我看你不行。不过就算你行,那对你又有什么好处呢?这儿离海岸有十几英里,我们现在停泊的地方差不多正好是迈克尔·洛克菲勒当年翻船之处。他打算游到岸上去,却没有成功。原因无处可知,但很可能是被鳄鱼拉下去了,想必你的游泳技术远不如迈克尔,他都未能成功,你就更没希望了。"

"你说的迈克尔是个笨蛋,"卡格斯说,"我,我是聪明人,只有我能从监狱里跑出来,其他人都被抓回去了。脑子——用脑子这才是我与众不同之处,我会动脑筋。我既然能在荷枪实弹的警卫眼前大步走出监狱,也能从这铁栅栏里逃出去,你这个笨蛋!一旦我出去,就先结果你们俩,还有那个船长,杀死你们仨就像杀 3 只耗子那么容易。"

"咱们走着瞧吧!"哈尔说。随后回到舱室的床上,罗杰已经入睡,船长发出轻微的鼾声。

拂晓,一股烟味加上火焰中传出的噼啪声,伴随着动物恐惧的嘶鸣惊醒了沉睡的人们。

哈尔他们 3 人不约而同地披上衣服冲上甲板。火焰从关押卡格斯的底层囚室翻滚而上,前桅杆已经烧着了,正好昨天没有将帆落下,此刻火舌已点燃主帆,顿时成了一片火板。

囚室的门已打开,卡格斯逃之夭夭,门外扔着哈尔昨晚给他的已断成两截的饭叉,看来卡格斯是从栅栏中间伸出手用叉子撬开了锁而逃跑的。

船帆是无法挽救了,于是他们拎来水桶想扑灭甲板下的火苗儿。然而尽管他们苦苦奋战,火势依然不减。

"必须抓紧时间,"哈尔说,"卡格斯肯定是正在往岸上游,他不可能成功,我必须去救他,否则肯定会喂了鳄鱼。"

"管他干吗?"船长争道,"让鳄鱼去吃他好了。"

"不行,"哈尔说,"不管怎样,他还是人,你们俩灭火,我去放小艇。"

29 船上火灾

哈尔向船尾跑去,小艇不见了。"他划小艇跑了,这下可好了,留下我们仨,憋在这火海里。他发誓要杀死我们,看来他是在履行诺言啊。"

3人集中力量灭火,终于控制了火势,船上仍散发着浓烈的焦味。哈尔跑下甲板取来双筒望远镜,向陆地望去。在通向陆地的海面上,望见了坐在小艇中的卡格斯。

就在哈尔探望之时,只见一只鳄鱼在水中显露出沉重的身躯,尾随着那小艇,同时用自己一吨多重的身体撞击着小船的侧舷。结果船倾人翻,卡格斯不见了。

卡格斯肯定认为用艇代替游泳划向陆地,是很高明的,然而鳄鱼比他还胜一筹。

"他翻下水去了,"哈尔喊道,"可能还能赶上他,把纵帆船靠上去。"

"主帆已经烧光了。"船长应道。

"还有引擎呢。"哈尔边说边跑去发动引擎。但是由于卡格斯在引擎上做了什么手脚,所以发动不起来。在这关键时刻,哈尔花了15分钟宝贵的时间进行修理,终于使引擎发动起来。这15分钟的延迟,后果是严重的。卡格斯把引擎搞坏,结果却危及了自己的生命,这一点真是太不高明了。

由于缺少主帆,纵帆船缓慢地向前行驶。引擎在航行中不过起补充作用,所以待大船赶上小艇时,仿佛已经过了一个世纪。

哈尔还抱有一线希望,也许卡格斯一直攀附在小艇上,可是不然,找了半天,也不见卡格斯的身影。哈尔甩掉鞋子潜入水中,鳄鱼循水花声四下围拢上来,哈尔未系加重腰带,所以他尽自己的最大力气尽量潜得更深，可仍然找不到卡格斯活动的身体，也不见其尸体的痕迹。鳄鱼群则对哈尔抱有很大的兴趣，纷纷游过来，但速度比虎鲨慢多了，还不等其采取行动，哈尔已浮到水面登上小艇。

船桨仍在桨架上，哈尔将小艇划到大船后侧，拴住小艇，登上纵帆船。

船长心里暗自佩服哈尔的胆量，他能去救一个企图谋杀自己的坏蛋。不过，船长却用一种很怪的方式向哈尔祝贺，称呼其全称，"哈尔·亨特，"并说道，"你真是个用黄金也难买的傻瓜。"

哈尔明白老水手讲的是好话，于是应道："谢谢。"

30 捕虎任务

他们满载而归。船上的动物除了毒蛇被关在笼子里以外,其他的都可以在船上自由活动。当然它们是可以溜之大吉的,可是它们都愿栖息在船上,因为它们在这里受到了款待。

罗杰与每一只动物、每一只鸟都交上了朋友。认他为母亲的小鳄鱼更是与他形影不离、步步相随;讨人喜爱的小考拉骑在他肩上,真像只玩具小熊;小袋鼠把他的口袋当成了妈妈的袋子,有一半的时间都待在他的口袋里;猩猩则拉着他的手与他并肩而行;飞狐、袋貂和两只形象美丽却叫声不雅的极乐鸟盘旋在他的头顶。

大功告成。向布里斯班返航的时刻来到了,然后再将动物送上货轮运往长岛的"约翰·亨特父子牧场"。

被火舌燎成黑碎片的主帆已换上了从储藏室取出的新白帆。纵帆船像展开双翼的燕子顺着西风在波涛起伏的海面上向东前进,在水面上露出眼睛的鳄鱼非常不乐意地让出航路。白雪覆盖的峰巅和那些"石器时代"犹在的深谷,在他们的身后变得越来越远。

船驶过了他们曾经访问过的未开化的世界,进入了澳大利亚所辖的略为文明的地带,他们感到基本上放心了——尽管他们知道在这一带虽然有澳大利亚边防军在各村落巡逻,但是食人行为仍然偶有发生。

他们又驶过了"星期四"岛，卡格斯还曾想在此重操盗珠之旧业，而且还免不了从事各种谋财害命的行当。在澳大利亚大陆本土与大堡礁之间，船转舵继续前行。

他们抵达布里斯班后，立即到警察局报告卡格斯之死。

"我们一直在四处寻找他，"警察局长说，"如果你们把他带回来，我们也要处决他的，所以鳄鱼正好代替我们干了。卡格斯逃走就是想杀你们——你们真是幸运，摆脱了追杀。"

哈尔给父亲发出电报：

"大洋皇后"轮载科莫多巨蜥、考拉、树袋鼠、猩猩、飞狐、袋貂、袋狸、袋鼯、袋熊、虎鲨、鳄鱼、眼镜王蛇、尖吻蝮、海牛、棱尾螺、极乐鸟、食火鸡、巨兽化石、食人部落人头骨。还需何物？

回电来了，给兄弟俩又开来了一张清单，这意味着一次伟大的历险又将开始。回电是这样写的：

虎，世界最大的猫科动物。慎之，忌莽撞。最佳地——印度和喜马拉雅一带。亦需雪豹、喜马拉雅熊、印度象、独角兽、犀牛、野猪、熊猫、懒熊、狮子、狼、鬣狗、大鹿、野牛、野水牛、冠头眼镜蛇。查询雪人。你们这次的任务完成得很出色。爱你们的妈妈和我——约翰·亨特。

30 捕虎任务

"印度!"罗杰喜出望外地喊道,"我一直想去的地方,而且我们要去喜马拉雅。老虎!我以前还以为狮子是最大的猫科动物呢。"

"那你就听点儿新闻吧,"哈尔说,"狮子与孟加拉虎相比,那就成了小猫咪了——孟加拉虎个头比狮子大,力量也大。狮子是你不惹它,它不动你;老虎则不然,它是先吃了你再说。"

"行了,别说了,"罗杰抗议了,"你这不是想吓唬我嘛。怎么样,什么时候出发?"

"大洋皇后号"货轮载着从食人部落岛上搜集的动物起航驶向美洲,兄弟俩立刻奔赴印度。

> 原著成书于1972年,当时,新几内亚尚未独立,由澳大利亚托管。那时新几内亚岛上确有食人部落。新几内亚由新几内亚岛(伊里安岛)东部及其他一些小岛组成,当时均是澳托管区,与非洲的几内亚和几内亚(比绍)无关。

编者